AF107321

www.ingramcontent.com/pod-product-compliance
Lightning Source LLC
LaVergne TN
LVHW010403070526
838199LV00065B/5880
* 9 7 8 9 3 6 9 0 8 3 2 3 7 *

# منتخب اردو افسانے

(حصہ: ۱)

مرتبہ:

سید حیدرآبادی

© Taemeer Publications LLC
**Muntakhab Urdu Afsane - Part:1** *(Short Stories Anthology)*
by: Syed Hyderabadi
Edition: December '2024
Publisher :
Taemeer Publications LLC (Michigan, USA / Hyderabad, India)

ISBN 978-93-6908-323-7

مصنف یا ناشر کی پیشگی اجازت کے بغیر اس کتاب کا کوئی بھی حصہ کسی بھی شکل میں بشمول ویب سائٹ پر اَپ لوڈنگ کے لیے استعمال نہ کیا جائے۔ نیز اس کتاب پر کسی بھی قسم کے تنازع کو نمٹانے کا اختیار صرف حیدرآباد (تلنگانہ) کی عدلیہ کو ہو گا۔

© تعمیر پبلی کیشنز

| | | |
|---|---|---|
| کتاب | : | منتخب اردو افسانے (حصہ:1) |
| ترتیب و تدوین | : | سید حیدرآبادی |
| صنف | : | فکشن |
| ناشر | : | تعمیر پبلی کیشنز (حیدرآباد، انڈیا) |
| سالِ اشاعت | : | ۲۰۲۴ء |
| صفحات | : | ۱۰۴ |
| سرورق ڈیزائن | : | تعمیر ویب ڈیزائن |

# فہرست

| | | |
|---|---|---|
| (۱) جانِ عالم | نیر مسعود | 6 |
| (۲) حرام جادی | محمد حسن عسکری | 12 |
| (۳) کاکروچ کی کتھا | طلعت زہرا | 35 |
| (۴) لاک ڈاون سے لاک اپ تک | ڈاکٹر سلیم خان | 40 |
| (۵) کوّوں سے ڈھکا آسمان | انور خان | 54 |
| (۶) فرشتے کا شہپر | انجیلا نانیتی | 59 |
| (۷) خزاں گزیدہ | رشید امجد | 64 |
| (۸) اپنا گھر | ڈاکٹر ریاض توحیدی | 69 |
| (۹) ایک کہانی نئی پرانی | خالد علیم | 77 |
| (۱۰) جڑوں سے جو اکھڑے | سید احمد قادری | 85 |
| (۱۱) روایت | وسیم عقیل شاہ | 92 |
| (۱۲) بوجھ | جنید جاذب | 101 |

# جانِ عالم

## نیر مسعود

اوّل اس خالقِ حقیقی کی ثنا چاہیے جس نے ایک حرف کن سے صفحۂ دوعالم پر کیا کیا صورتیں دکھائیں، بعدہٗ گلہ اس خالقِ مجازی کا کیا چاہیے جس نے فسانۂ عجائب لکھ کر اس گناہ گار جانِ عالم کی ہزار در ہزار گتیں بنائیں۔ وہ کون، مرزا رجب علی بیگ سرور مغفور کہ بیت السلطنت لکھنؤ کے ایک مردِ تماش بین تھے لیکن بادشاہی کارخانے سے اصلا واقف نہیں تھے۔ یہ بھی اپنی شورہ بختی، نصیبے کی سختی تھی کہ اپنی خِلقت اس مردِ تماش بین کے ہاتھوں ہونی تھی، اس حلیے سے ہم چشموں میں آبرو کھونی تھی۔

فسانۂ عجائب، کہ فی الواقع خزانۂ غرائب ہے، مرزا نے دوستوں میں چھیڑ تو دیا، لیکن جس شاہ زادے کو بزورِ طلاقتِ لسانی وفصاحتِ بیانی کتمِ عدم سے معرضِ وجود میں لائے، اس کے این و آں کو سمجھ نہ پائے۔ ناچار بہ حالتِ اضطرار ان مغفور نے فرض کر لیا کہ اگر خود بدولت شاہ زادۂ دل دار ہوتے تو کیا کرتے اور وادیِ عشق میں کیونکر پاؤں دھرتے۔ پس سب سے پہلے یہ مقدمہ دھیان میں رکھا چاہیے کہ جانِ عالم میں روحِ پُرفتوح مرزا سرور کی غالب ہے، شاہ زادے کا جو سچ پوچھو تو قالب ہی قالب ہے۔

پہلا ستم مرزا نے توتے کی خریداری میں ڈھایا۔ یہ فقرہ سنایا کہ جانِ عالم نے بہ نفسِ نفیس گزری بازار میں اس حیوانِ ناطق کا پنجرہ ہاتھ میں لے مالک سے اس کی قیمت

پوچھی۔

ذرا انصاف کو کام فرمایئے گا، شاہ زادہ جانِ عالم، باپ جس کا شاہ فیروز بخت، "مالک تاج و تخت"، "گردوں وقار، پر تمکین، باافتخار،" جس کے "سکندر سے ہزار خادم، دارا سے لاکھ فرماں بردار،" وہ گزری بازار میں چڑی ماروں سے مول تول کرتا پھرے!

تفو بر تو اے چرخ گرداں تفو

میں تو شرم سے کٹ گیا، بخدا جینے سے جی ہٹ گیا، اس درجہ یہ امر شاق ہوا، مگر وہ جو مثل ہے مردہ بدست زندہ، اسی کا مصداق ہوا۔

پھر مرزا نے یہ تماشا دکھایا کہ توتے کی زبان سے احوال شہر زرنگار اور شاہ زادی انجمن آرا کا سنایا اور مجھ کو اس کا نادیدہ عاشق بنایا۔ باللہ میں اتنا سادہ لوح نہ تھا کہ ایک توتے کی باتوں میں آکر انجمن آرا کا جاں نثار، آوارۂ شہر و دیار ہوتا۔ مگر مرزا کو تو قصہ آگے بڑھانا تھا، اس واسطے یہ کھیل بھی دکھانا تھا۔ اس طائرِ سبز قبا کو یوں بھی سخنانِ مبالغہ آمیز سے شغف تھا اور اس وقت تو وہ ماہ طلعت کے

علی الرغم انجمن آرا کی تعریف میں زمین آسمان کے قلابے ملا رہا تھا۔ یہ بھید میری سمجھ میں بھی آ رہا تھا۔ مگر اصل یہ ہے کہ معاملہ اپنا اور اس طائر کا واحد تھا، یعنی وہ قفس کی تنگی سے نکل کر لطف سیّاحت کا اٹھانا چاہتا تھا، میں بھی، کہ شادی کے جنجالوں میں گرفتار تھا، کچھ دن کے لیے تاہل کی زندگی سے پیچھا چھڑانا چاہتا تھا۔ نہ تو میں کسی شاہ زادی کی خاطر دربدر ہوا تھا نہ توتا ازراہِ خیر خواہی میرا رہبر ہوا تھا۔ دلیل اس کی یہ کہ آغازِ سفر ہی میں وہ مجھ سے جدا ہو گیا؛ اچھا بھلا توتا تھا، عنقا ہو گیا۔

معلوم ہوا ہے کہ اب داستانوں میں کسی ایک فرد کو ہیرو کہا جاتا ہے، اور یہ بھی معلوم ہوا کہ فسانۂ عجائب کا ہیرو مجھ گناہ گار کو مقرر کیا ہے۔ اپنے تئیں ہیرو جان کر جو

صدمے جانِ حزیں پر گذر گئے ان کا تو ذکر ہی کیا ہے، بڑا رنج اس کا ہے کہ اربابِ نقد نے ہیرو قرار دے کر مجھ کو انتقاد کی کسوٹی پر کسنا اور کبھی مجھ پر گرجنا، کبھی سرورِ مغفور پر برسنا شروع کر دیا ہے۔ بعضے بعضے بزرگواروں نے لکھا کہ جانِ عالم کا مثالی کردار ہے، بدیں سبب یہ کردار عیب دار ہے، کس واسطے کہ اربابِ نقد کی نظر کدورت اثر میں اگر کوئی کردار مبرّا از عیب ہے تو یہ بے عیبی اس کا عیب لاریب ہے۔ دو ایک بزرگوار میرے طرف دار بن کر اٹھے اور کہنے لگے کہ جان عالم کا کردار کہاں مثالی ہے، وہ تو جوہرِ عقل ہی سے خالی ہے۔ اور بارِ ثبوت بھی اٹھا لائے کہ اس نے بے سمجھے بوجھے آپ کو حوض میں گرایا اور اس نے تو نقشِ سلیمانی ہاتھ سے گنوایا اور وہ تو وزیر زادۂ نابکار کی باتوں میں آیا؛ حرم میں اس کی بے عقلی کی دھوم رہتی ہے، انجمن آرا اس کو ساری مصیبتوں کا ذمے دار، مہر نگار "احمق الذی شاہ زادہ" کہتی ہے۔ بلکہ وہ تو خود بھی اپنے آپ کو "حمق میں گرفتار" بتاتا اور ساری داستان میں از اول تا آخر غلطی پر غلطی کرتا جاتا ہے۔ مگر ان کلماتِ لطائف سے جو اذیتیں دلِ صفا منزل کو ہوئیں، وہ اس صدمے کے مقابل ہیچ تھیں کہ اس حماقت مآبی کو مجھ حقیر بے تقصیر کی خوبی بتایا گیا ہے، اور اربابِ نقد کے نزدیک اسی خوبی کی وجہ سے جانِ عالم کو جیتا جاگتا پایا گیا ہے۔ لاحول ولا قوۃ الا باللہ العلی العظیم۔

بر ایں عقل و دانش بباید گریست

جواب ان امور کا تفصیل طلب ہے، یہاں اتنی فرصت کب ہے۔ المختصر کہتا ہوں کہ میں ایک محبوب پری رو کی ترغیب سے حوضِ مصفّا میں کود پڑا، لوگ تو ان مقدموں میں آگ جہنم کی اپنے اوپر گوارا کرتے ہیں۔ میں نے نقشِ سلیمانی کو ہاتھ سے دیا تو اسی پری رو کی ناسازیِ مزاج سے گھبرا کر۔ وزیر زادے پر اگر میں نے اعتبار کیا، تبدیلِ قالب کا راز اسے بتا دیا، تو کیا آپ اپنے کسی جگری دوست پر اعتبار، اس کو اپنا رازدار نہیں

کرتے؟ اگر انجمن آرا اور مہر نگار مجھ کو کم عقل جانتی ہیں تو کون سی انوکھی بات ہے، خاوند کو بے عقل سمجھنا تو منجملۂ صفاتِ مستورات ہے۔ اور ہاں جو میں نے اپنے تئیں حمق میں گرفتار کہا، وہ ازراہِ انکسار کہا۔ اعترافِ نادانی نہ کرتا تو کیا ہمہ دانی کا دم بھرتا؟

خیال فرمایئے گا کہ جب میں وزیرزادے کے فریب میں آکر روح اپنی بندر کے قالب میں لے گیا اور وہ نمک حرام میرے قالب پر متصرف ہوا، خود جانِ عالم بن بیٹھا اور میرے درپے ہو کر تمام بندروں کو پکڑوانے اور بلا فرق سب کے سر پھڑوانے لگا، تو میں خوفِ جاں سے درختوں میں چھپتا پھرتا تھا۔ بارہا یہ تدبیر خیال میں آئی کہ بندر کا قالب چھوڑ روح اپنی کسی اور جانور کے قالب میں لے جایئے اور وزیرزادۂ بدنہاد کے جوروں سے جان بچایئے، مگر میرے جملہ امور مرزا سرور کے حوالے تھے، وہ بھلا کہاں ماننے والے تھے۔ انھیں تو میری جان ملکہ مہر نگار کے ہاتھوں بچانی تھی، مجھ سے زیادہ اس کی فراست دکھانی تھی۔ پس جب اس نے مجھے توتا دکھا کر اس کی گردن مروڑی، تب میں نے بندر کے جسم کی جان چھوڑی، توتے کے قالب میں سمایا، خواہی نخواہی ملکہ کا بارِ احسان اٹھایا۔

اب اصل قصہ مجھ سے سنیے اور ناسازیِ بختِ ناساز و کج بازیِ فلکِ حقّہ باز پر سر دھنیے۔ ہوا یوں کہ مرزا سرور داستان سنانے چلے تھے میری اور انجمن آرا کی، جب دیکھا کہ یہ داستان جلد ختم ہو جائے گی اور گروہِ سامعین میں شرفِ قبول نہ پائے گی، بیچ میں ملکہ مہر نگار کو کھینچ لائے۔ وہ عورت بلا کی دماغ دار، تیز طرار، آئے تو کہاں جائے۔ میری اس کی پہلی ملاقات ہوئی تو کیا دیکھتا ہوں کہ پری زادوں کے جھرمٹ میں "ہوادار پر ایک آفتابِ محشر سوار، تاجِ مرصّع سر پر، لباسِ شاہانہ پُر تکلف در بر، نیمچۂ سلیمانی ہاتھ میں، سیماب وَشی بات بات میں، بندوقِ چقماقی طائرِ خیال گرانے والی برابر رکھے، شکار کھیلتی،

سیر کرتی چلی آتی ہے۔" اس پر نظر پڑتے ہی منہ سے تو نکلا:

کیا تنِ نازک ہے جاں کو بھی حسد جس تن پہ ہے
کیا بدن کا رنگ ہے تہہ جس کی پیراہن پہ ہے

مگر جی میں سوچا، مرزا نے غضب کر دیا۔ کس برق جھندہ کو مہمان کیا، میری رسوائی جگ ہنسائی کا سامان کیا۔ کیا جانِ عالم بے چارہ اور کیا شاہ زادی انجمن آرا، یہ دم کے دم میں سب پر غالب آ جائے گی، دیکھتے دیکھتے پورے فسانے پر چھا جائے گی، پھر کسی سے کچھ بن نہیں آئے گی۔ آخر وہی ہوا جس کا ڈر تھا۔ اور خود مرزا بھی اس کو داستان میں لا کر ایسے مدہوش ہوے کہ دوسرے افرادِ قصہ یکبارگی فراموش ہوے۔ واللہ اعلم مجھ روسیاہ میں اس ملکۂ ذی جاہ نے کیا بات پائی کہ صورت دیکھتے ہی متاعِ صبر و ہوش لٹائی۔ روبرو جس آن ہوئی، عاشق بہ ہزار جان ہوئی۔ عشق اور عقل میں بیر مشہور ہے مگر اسے دیکھا کہ سراپا عشق اور مجسم شعور ہے۔ میں نہ اس کے مقابلے پر آ سکتا تھا نہ اس زبردست سے پیش پا سکتا تھا۔ وہ ملکۂ تجربہ رسیدہ، جہاں دیدہ، انصرامِ امور میں مردانِ کار سے زیادہ، میں نازوں کا پلا ناآموز شاہ زادہ۔ جب دیکھا کہ وہ ہر مہم کو سر کر سکتی ہے اور مجھ سے بہتر کر سکتی ہے، اور مرزا سرور بھی اسی کی جانب نگراں، مجھ سے روگرداں ہیں، سب کچھ اسی پر چھوڑ دیا، یہ شعر شاعر کا اپنے حسب حال کیا:

ما اختیارِ خویش بہ دستِ تو دادہ ایم
دنیا و دیں بہ نرگس مستِ تو دادہ ایم

آخر میں مرزا سرور کی ایک اور ستم ظریفی کا مذکور ضرور ہے۔ وہ کیا کہ فسانۂ عجائب کے ختم پر یہ جملہ مسطور ہے: "جس طرح جانِ عالم کے مطلب ملے اسی طرح کل عالم کی مراد اور تمنائے دلی اللہ دے۔" سبحان اللہ، ہم ایک شادی کے بندھن سے گھبرا کے،

جان چھڑا کے وطن سے نکلے، خراب و خوار ہوے، مرزا کے لطفِ داستان کی خاطر دو اور شادیوں سے دوچار ہوے۔ اب ہر ثانیہ شش و پنج میں گرفتار ہیں، حواسِ خمسہ یکسر بے کار ہیں۔ تین بی بیوں کے درمیان عمر بسر ہوتی ہے، اور اربابِ نقد میں سے ایک نہیں پوچھتا کہ کیونکر ہوتی ہے۔

Ref.: penslipsmagazine.com

✳ ✳ ✳

# حرام جادی

## محمد حسن عسکری

دروازہ کی دھڑ دھڑ اور "کواڑ کھولو" کی مسلسل اور ضدی چیخیں اس کے دماغ میں اس طرح گونجیں جیسے گہرے تاریک کنوئیں میں ڈول کے گرنے کی طویل، گرجتی ہوئی آواز۔ اس کی پر خواب و نیم رضا مند آنکھیں آہستہ آہستہ کھلیں لیکن دوسرے لمحہ ہی منہ اندھیرے کے ہلکے ہلکے اجالے میں ملی ہوئی سرمہ جیسی سیاہی اس کے پپوٹوں میں بھرنے لگی اور وہ پھر بند ہو گئیں۔ آنکھوں کے پردے بوجھل کمبلوں کی طرح نیچے لٹک گئے اور ڈلوں کو دبا دبا کر سلانے لگے لیکن کان آنکھوں کی ہم آہنگی چھوڑ کر بھنبھنا رہے تھے۔ وہ اس سحر خیز حملہ آور کی تازہ یورش کے خلاف اپنے روزن بند کر لینا چاہتے تھے اور پھر بھی بھنبھنا رہے تھے۔

امید و بیم کی یہ کشمکش جسے نیند شاید جلد ہی اپنے دھارے میں غرق کر لیتی، زیادہ دیر جاری نہ رہی۔ اب کے تو دروازہ کی چولیں تک ہلی جا رہی تھیں اور آوازیں زیادہ بے صبر، بے تاب، کرخت اور بھرائے ہوئے گلے سے نکل رہی تھیں۔ "کھولو کھولو۔" یہ آوازیں پتلی، نوک دار تتلیوں کی طرح دماغ میں گھس کر نیند کے پردوں کو تار تار کئے دے رہی تھیں۔ وہ یہ بھی سن رہی تھی کہ پکارنے والا کھولو۔ کھولو کے وقفہ کے درمیان آہستہ ناخوشگوار ارادوں کا اظہار بھی کر دیتا تھا۔ یہی نہیں بلکہ کوئی شخص اسے سڑک کے ڈھیلوں

کو استعمال کرنے کی ترغیب دے رہا تھا۔ آخر اس نے آنکھیں پوری کھول دیں اور ہاتھوں کو چارپائی پر جھٹکتے ہوئے کہا۔ "نصیبن دیکھو تو کون ہے؟"

یہ اس کے لئے کوئی نئی بات نہ تھی جب سے وہ اس قصبہ میں مڈوائف ہو کر آئی تھی یہ سب کچھ روز ہوتا تھا یہی چیخیں، یہی دھڑ دھڑ اہٹ فرض اور آرام کی یہی تلخ کشمکش یہی جھلاہٹ اور پسپائی سب اسی طرح، اسے صبح ہی اٹھ کر جانا پڑتا تھا اور پھر اس کا سارا دن نوواردوں کو احتجاجاً چیختے چلاتے، ہاتھ پاؤں پھینکتے دنیا میں آتے ہوئے دیکھنے میں، کچھ دن آئے ہوؤں کی رفتار کے معائنہ میں اور آمد و رفت کے اندراج کے لئے ٹاؤن ایریا کے دفتر تک بار بات دوڑنے میں گزرتا تھا۔ اسے دوپہر کو کھانا کھانے اور آرام کرنے کا وقت بھی ہزار کھینچ تان کے بعد ملتا تھا اور وہ بھی یقینی نہ تھا کیونکہ بچے پیدا ہونے میں موقع کا مطلق لحاظ نہیں کرتے۔ صبح چار بجے، دوپہر کے بارہ بجے، رات کے دو بجے ہر گھنٹہ ہر گھڑی اسے کوہِ ندا کی آواز پر لبیک کہنے کے لئے تیار رہنا پڑتا تھا اور بچے تھے کہ ایسی تیزی سے چلے آ رہے تھے جیسے پہاڑی ندی میں لڑھکتے ہوئے پتھر، ضبطِ تولید کے چرچے دولت نگر کو شہر سے ملانے والی کچی اور گڑھوں والی سڑک کو طے نہ کر سکتے تھے اور اگر بالفرض محال وہ رینگتے ہوئے وہاں تک پہنچ بھی جاتے تو یہ یقینی بات تھی کہ قصبے والے انہیں ذرا بھی قابلِ اعتنا نہ سمجھتے۔ کیونکہ وہ اچھی طرح جانتے تھے کہ بچے خدا کے حکم سے پیدا ہوتے ہیں۔ اس میں انسان کا کیا دخل۔ 18 سالہ لڑکے، 56 سالہ بڈھے، الہڑ لڑکیاں، ادھیڑ عورتیں، سب کے سب حیرت انگیز تن دہی اور یک جہتی کے ساتھ سڑکوں کی نالیوں میں کھیلنے والے بچوں کی تعداد میں اضافہ کئے چلے جا رہے تھے۔ گویا وہ قومی دفاع کی خاطر کارخانوں میں کام کرنے والے مزدور ہیں اور پھر وہ بچارے کرتے بھی کیا۔ وہ تو خدا کے حکم سے بے بس تھے۔ غرض یہ کہ بچے چلے آ رہے تھے۔ کالے بچے،

پیلے بچے، پرنچے مرغ کی طرح سرخ بچے اور کبھی کبھی گورے بچے دبلے پتلے، ہڈیوں کا ڈھانچہ یا بعض موٹے تازے بچے، مڑے ہوئے بالوں والے چپٹی ناک والے، چھچھوندر کی طرح گلگلے، لکڑی جیسے سخت، ہر رنگ اور ہر قسم کے بچے۔۔

ایملی نے اپنی دادی سے سنا تھا کہ ان کے بچپن میں ایک مرتبہ پاؤ پاؤ بھر کے مینڈک برسے تھے۔ وہ کبھی کبھی سوچا کرتی تھی اور اس وقت اسے بے ساختہ ہنسی بھی آ جاتی تھی کہ یہ بچے وہی برسنے والے مینڈک ہیں۔ پاؤ پاؤ بھر کے زرد زرد مینڈک۔

اور اسے انہی زرد مینڈکوں کی بارش کے ہر قطرہ کو برستے ہوئے دیکھنے کے لئے قصبے کی ٹوٹی پھوٹی روڑوں کی سڑکوں، تنگ و تاریک، سیلی ہوئی گلیوں، گرد و غبار، کوڑے کرکٹ کے ڈھیروں، بھونکتے ہوئے لال پیلے کتوں اور کسانوں کی گاڑیوں اور گھاس والیوں سے ٹھنسے ہوئے بازاروں میں سارا سارا دن گھومنا پڑتا تھا۔ پتلی پتلی سڑکوں پر دونوں طرف ریت کا حاشیہ ضرور بنا ہوتا تھا اور پھر نالیاں تو ٹھیک سڑکوں کے بیچوں بیچ بہتی تھیں جن کی سیاہی کسی گنوار دن کے بہے ہوئے کاجل کی طرح سڑک کا کافی حصہ غصب کئے رہتی تھی۔ صفائی کے بھنگی نالیوں کی گندگی سمیٹ سمیٹ کر سڑک پر پھیلا دیتے تھے جن سے اپنی ساڑھی کو محفوظ رکھنے کے لئے ایملی کو ہلکے ہلکے فیروزی سینڈل کے بجائے اونچی ایڑی والا جوتا پہننا پڑتا تھا۔ گو اس صورت میں سڑک کے ابھرے ہوئے لاتعداد کنکر اس کے پیروں کو ڈگمگا دیتے تھے۔ راستہ میں گلی ڈنڈا اور کبڈی کھیلنے والے لونڈوں کا لاابالی پن اس کے کپڑوں پر ہر دفعہ اپنا نشان چھوڑ جاتا تھا۔ مگر خیر شکر تھا کہ وہ ہمیشہ اپنی آنکھیں اور دانت سلامت لے آتی تھی اور یہاں کی گرمی! اسے معلوم ہوتا تھا کہ وہ یقیناً پسینوں میں گھل گھل کر ختم ہو جائے گی۔ ان تنگ سڑکوں پر بھی سورج اس تیزی سے چمکتا تھا کہ اس کے بدن پر چنگاریاں ناچنے لگتیں اور اس کی نیلے پھولوں والی

چھتری محض ایک بوجھ بن جاتی۔ جب وہ اپنی اونچی ایڑیوں پر لڑکھڑاتی، سنبھلتی، دھوپ میں جلتی بھنتی سڑکوں پر سے گزرتی تو اسے دور آلھا گانے کی آواز، ڈھول کی کھٹ کھٹ اور درخت کے نیچے تاش کی پارٹیوں کے بلند اور کرخت قہقہے دوپہر کی نیند حرام کر دینے والی بوجھل مکھیوں کی بھنبھناہٹ کی طرح بیزار کن اور پُر اِستہزا معلوم ہوتے اور وہ چار مہینے پہلے چھوڑے ہوئے شہر کا خیال کرنے لگتی۔ مگر شہر اس وقت خوابوں کی وہ سرزمین بن جاتا ہے جسے صبح اٹھ کر ہزار کوششوں کے باوجود کچھ یاد نہیں کیا جا سکتا اور جس کی لطافت کا یقین دن بھر دل کو بے چین کئے رکھتا ہے۔ اسے کچھ روشنی سی معلوم ہوتی ایک چمک، ایک کشادگی، ایک پہنائی کچھ ہریالی اس کے سامنے تیرتی اور وہ پھر اسی تپتی ہوئی کنکروں، نالیوں اور ریت والی سڑک پر لڑکھڑاتی، سنبھلتی چل رہی ہوتی۔ بجلی کے پنکھے والے کمرے کا تصور اس تپش اور سوزش کو کم کرنے میں اس کی مدد نہ کرتا تھا لیکن، ہاں! جب کبھی وہ خوش قسمتی سے رات کو فارغ ہوتی اور اسے اپنے بستر پر کچھ دیر جاگنے کا موقع مل جاتا تو اس وقت شہر کی زندگی کی تصویریں سینما کے پردے کی طرح پوری طرح روشنی اور صفائی کے ساتھ اس کی نظروں کے سامنے گزرنے لگتیں اور وہ جس تصویر کو جتنا دیر چاہتی ٹھہرا لیتی لیکن جب وہ ان تصویروں سے لطف اٹھانے کے درمیان ان مناظر کو یاد کرتی جن سے اسے ہر وقت دوچار ہونا پڑتا تھا تو اس کی خستگی اور بیزاری آہستہ آہستہ عود کر آتی۔ گھر کی دیواریں مع رات کی تاریکیوں کے اس پر جھک پڑتیں۔ دل بھنچنے لگتا، سانس گرم اور دشوار ہو جاتا اور اس کا سر کمنی کھا کھا کر نیند کی بے ہوشی میں غرق ہو جاتا اور وہ خواب میں دیکھتی کہ وہ پھر اسی شہر کے ہسپتال میں پہنچ گئی ہے، مگر ان در و دیوار سے بجائے رفاقت کے کچھ بیگانگی سی ٹپکتی ہے اور خود اس کے اعضاء منجمد اور ناقابل حرکت ہو گئے ہیں اور کوئی نامعلوم خوف اس کے دل پر مسلط تھا۔ وہ صبح تک یہی خواب

تین چار مرتبہ دیکھتی اور دراصل اس کے لئے ان زندگیوں کا انتقال ہونا بھی چاہئے تھا۔ ایسے ہی اثرات پیدا کرنے والا، مانا کہ شہر میں بھی ایسی ہی ملی ہوئی گلیاں، ٹوٹی پھوٹی سڑکیں، گرد و غبار، شریر لڑکے موجود تھے اور وہ ان کے وجود سے بے خبر نہ تھی لیکن وہ تو ہوا کی چڑیوں کی طرح ان سب سے بے پرواہ اور مطمئن تانگے کے گدوں پر جھولتی ہوئی ان اطراف سے کبھی دسویں پندرھویں نکل جایا کرتی تھی۔ اس کی دنیا تو ان علاقوں سے دور ضلع کے صدر ہسپتال میں تھی۔ کتنی کھلی ہوئی جگہ تھی وہ؛ اور وہاں کا لطف تو ساری عمر نہ بھول سکے گی۔ ہسپتال کے سامنے تار کول کی چوڑی سڑک تھی جس پر دن میں دو مرتبہ جھاڑو دی جاتی تھی اور جو ہمیشہ شیشے کی طرح چمکا کرتی تھی جب وہ اپنی سہیلی ڈینا کے ساتھ اس پر ٹہلنے کے لئے نکلتی تھی تو دور دور تک پھیلے ہوئے کھیتوں اور میدانوں پر سے آنے والی ٹھنڈی ہوا کے جھونکے چہرے اور آنکھوں پر لگ لگ کر دماغ کو ہلکا کر دیتے تھے۔ اس کی ساڑھی پھڑ پھڑانے لگتی، ماتھے پر بالوں کی ایک لڑی تیرتی اور اس کی رفتار سبک اور تیز ہو جاتی۔

ایسے وقت باتیں کرنا کتنا خوشگوار اور پر لطف ہوتا تھا۔ گرد و غبار کا تو یہاں نام بھی نہ تھا۔ مئی جون کے جھکڑ بھی ہسپتال کی سفید اور شیشوں والی عمارت پر سے سنسناتے ہوئے شہر کی طرف گزرتے چلے جاتے تھے اور بجلی کے پنکھے سے سرد رہنے والے کمرے میں دوپہر کی سختی اور اداسی اپنا سایہ تک نہ ڈال سکتی تھی۔ جب وہ پر وقار انداز سے ساڑھی کا پلہ سنبھالے گزرتی تھی تو ہسپتال کے نوکر چاروں طرف سے اسے "میم صاحب" کہہ کر سلام کرنے لگتے تھے۔ گو یہاں بھی اسے سب لوگ میم صاحب ہی کہتے تھے۔ سڑکوں پر جھاڑو دینے والے بھنگی اسے آتے دیکھ کر تھم جاتے تھے بلکہ قصبہ کے زمیندار تک اسے "آپ" سے مخاطب کرتے تھے۔ مگر پھر بھی یہاں وہ بات کہاں حاصل ہو سکتی تھی۔ وہ

رعب، وہ دبدبہ، وہ مالکانہ احساس، وہاں تو اس کی شخصیت ہسپتال کا ایک جزوِ لاینفک تھی۔ اس سفید، سرد اور متین عمارت اور اس کے غیر مرئی مگر اٹل قانونوں اور اصولوں کا ایک زندہ مجسمہ۔ ہسپتال کے نشتر کے سامنے آنے کے بعد کوئی شخص احتجاجاً حرکت نہیں کر سکتا تھا۔ اسی طرح اس کی حدود میں داخل ہونے والی ہر چیز کو اس کی مرضی کا پابند ہونا پڑتا تھا۔ جب اس کا مریضوں کے معائنہ کا وقت آتا تھا تو وارڈ میں پہلے ہی سے تیاریاں ہونے لگتی تھیں۔ وہ دو روپے روزانہ کرایہ دینے والیوں تک کو جھڑک دیتی تھی کیونکہ اسے صاف کمروں میں پان کی پیک تک دیکھنا گوارا نہ تھا۔ وہ بڑی بڑی نازک مزاجوں کو ذرا سی بے احتیاطی اور ہدایات کی خلاف ورزی پر بے طرح ڈانٹتی تھی اور ہمیشہ سب سے تم کہہ کر بولتی تھی۔ مگر یہاں کی عورتیں تو بہت ہی منہ پھٹ تھیں۔ وہ اس سے ہراساں اور خوف زدہ تو ضرور تھیں مگر اسے دوبدو جواب دینے سے نہ چوکتی تھیں۔ تھوڑے دن تک ان پر اپنا اختیار جمانے کی کوشش کرنے کے بعد اب وہ تھک چکی تھی اور ان کی باتوں میں زیادہ دخل نہ دیتی تھی اور صفائی اور سلیقہ کی تو ان عورتوں کو ہوا تک نہ لگی تھی۔ زچہ کو گرمی میں بھی فوراً ایک کمرے میں بند کر دیا جاتا تھا جس میں جاڑوں کے لحاف پنکھونے، چاروں اور دوسری جنسوں کے مٹکے، ٹوٹی ہوئی چارپائیاں، برتن، کوئلوں کا گھڑا، سوت اور رولڑ کی گٹھڑیاں، سب الم غلم بھرے ہوتے تھے اور ایک انگیٹھی پر گھٹی چڑھا دی جاتی تھی۔ بعض بعض جگہ تو جلدی جلدی کمرہ میں گوبری ہونے لگتی تھی جو پیروں سے اکھڑ اکھڑ کر فرش کو چلنے کے قابل بھی نہ رہنے دیتی تھی اور جس کی سیلن انگیٹھی کی گرمی سے مل کر سانس لینا دشوار کر دیتی تھی۔ گھر کی سب عورتیں اور وہ کم سے کم چار ہوتی تھیں، اپنے بدبودار کپڑوں سمیت کمرے میں گھس آتی تھیں اور گھبراہٹ میں سارے سامان کو ایسا الٹ پلٹ کر دیتی تھیں کہ ذرا سی کتر تک نہ ملتی تھی۔ اندر کی کھسر پھسر، گھڑ بڑر،

کراہوں "یا اللہ یا اللہ" اور عورتوں کے بار بار کواڑ کھول کر اندر باہر آنے جانے سے گھر کے بچے جاگ جاتے تھے اور اپنے آپ کو اماں کے قریب نہ پاکر چیخنا شروع کر دیتے تھے اور ان کی بڑی بہنیں چمکار چمکار کر اور تھپک تھپک کر انہیں بہلانے کی کوشش کرتی تھیں۔

"ارے چپ چپ دیکھ بھیا آیا ہے صبح کو دیکھو منا سا بھیا" مگر صبح کو منا سا بھیا دیکھ سکنے کی امید انہیں اس وقت تک کوئی تسکین نہ دے سکتی اور ان کی روں روں دھاڑوں کی شکل میں تبدیل ہو کر کمرہ کے خلفشار میں اور اضافہ کر دیتی۔ یہ تو خیر جو کچھ تھا سو تھا، کثیف بستروں پر لیپ چڑھے ہوئے تکیوں، پسینے میں سڑے ہوئے کپڑوں اور مدتوں سے نہ دھلے ہوئے بالوں کی بدبو سے جیسے گرمی اور بھی دو آتشہ کر دیتی تھی، اس کا جی الٹنے لگتا تھا۔ وہ تمام وقت ہر چیز سے دامن بچاتی ہوئی کھڑی کھڑی پھرتی تھی۔ اس کمرہ میں ایک گھنٹہ گزارنا گویا جہنم کے عذابوں کے لئے تیاری کرنا تھا یہ مانا کہ خود اسے کچھ نہیں کرنا پڑتا تھا۔ کیونکہ قصبہ کی عورتیں اپنے آپ کو نئے نئے انگریزی تجربوں کے لئے پیش کرنے اور اپنے آپ کو ایک اجنبی اور عیسائی مڈوائف کے، جو ان دیکھے اور مشتبہ آلات سے مسلح تھی، ہاتھوں میں دے دینے کے لئے قطعاً تیار نہ تھیں انہیں تو قصبہ کی پرانی دائی اور چھوٹے ہوئے گھڑے کے ٹھیکروں پر ہی اعتقاد تھا تاہم ان کے مردوں نے ٹاؤن ایریا سے ڈر کر انہیں اس پر راضی کر لیا تھا کہ وہ نئی عیسائی مڈوائف کے کمرے میں موجودگی برداشت کر لیں۔ اس طرح عملی حیثیت سے تو اس کا کام بہت کم ہو گیا تھا لیکن آخر ذمہ داری تو اس کی ہی تھی اور وہی ٹاؤن ایریا کمیٹی کے سامنے ہر برائی بھلائی کے لئے جواب دہ تھی اور اس ذمہ داری سے عہدہ براہونا ہواؤں سے لڑنا تھا۔ اکثر نو گرفتار اتنا چیختی چلاتیں اور ہاتھ پیر پھینکتی تھیں کہ انہیں قابو میں کرنا دوبھر ہو جاتا تھا یہ پھر ایسی سہم جاتی تھیں

کہ وہ ڈر کے مارے ذرا سی حرکت نہ کرتی تھیں۔ تین تین چار چار بچوں کی مائیں تو اور بھی آفت تھیں۔ وہ اپنے تجربوں کے سامنے اس ساڑھی پہن کر باہر گھومنے والی عیسائی عورت کی انوکھی ہدایتوں کو کوئی وقعت دینے پر تیار نہ تھیں۔

وہ اپنی آہوں کے درمیان بھی رک کر دائی کو مشورہ دینے لگتی تھیں اور ایملی کو دانتوں سے ہونٹ چبا چبا کر خاموش رہ جانا پڑتا تھا اور دائی تو بھلا اس کی کہاں سننے والی تھی۔ اسے اپنی برتری اور مڈوائف کی نااہلیت کا یقین تو خیر تھا ہی مگر اس کی موجودگی سے اپنی آمدنی پر اثر پڑتا دیکھ کر اس نے ایملی کی ہر بات کی تردید کرنا اپنا فرض بنالیا تھا۔ گو ایملی نے اس کے طنزیہ جملوں کو پینے کی عادت ڈال لی تھی لیکن اس کا دل کوئی پتھر کا تھوڑے ہی تھا۔ دائی کے طرزِ عمل کو دیکھ دیکھ کر دوسری عورتیں بھی دلیر ہوگئی تھیں۔ اس کی طرف توجہ کئے بغیر ہی وہ پلنگ کو گھیر لیتی تھیں۔ اور وہ سب سے پیچھے چھوڑ دی جاتی تھی۔ اب اس کے سوا کیا رہ جاتا تھا کہ وہ جھنجھلا جھنجھلا کر پیر پٹخے اور انہیں پکار پکار کر اپنی طرف متوجہ کرنے کی کوشش کرے۔

ان سب آزمائشوں سے گزرنے کے بعد اسے ہر بار اندراج کے لئے ٹاؤن ایریا کے دفتر جانا پڑتا تھا۔ اسے دیکھ کر بخشی جی کی آنکھیں چمکنے لگتیں اور ان کے پان میں سنے ہوئے کالے دانت نیم تمسخرانہ انداز میں ان کو چھوٹی داڑھی اور بڑی بڑی مونچھوں سے باہر نکل آتے اور وہ اس کی طرف کرسی کھسکاتے ہوئے کہتے "کہو میم صاحب! لڑکا کہ لڑکی؟" مونچھوں کے ان گھنے کالے بالوں کی قربت اسے ہراساں کر دیتی اور اسے ایسا معلوم ہونے لگتا جیسے ان بالوں میں یکایک بجلی کی لہر دوڑ جائے گی اور وہ سیدھے ہو کر اس کے چہرہ سے آملیں گے۔ وہ نفرت اور خوف سے پیچھے سمٹ جاتی اور بخشی جی سے نظریں بچاتی ہوئی جلد سے جلد اپنا کام ختم کرنے کی کوشش کرتی۔

یہ سارے مرحلے طے کرتی ہوئی وہ عموماً آٹھ نو بجے رات کو تھکی ہاری اپنے گھر پہنچتی تھی۔ جب پیر کہیں سے کہیں پڑ رہے ہوں، سر بھنّایا ہوا ہو، جب جسم کا کوئی بھی عضو ایک دوسرے کا ساتھ دینے کو تیار نہ ہو، تو بھلا بھوک کیا خاک لگ سکتی ہے۔ وہ جوتا کھول کر پیر سے کونے میں اچھال دیتی اور کپڑے اس طرح جھنجھلا جھنجھلا کر اتارتی کہ دوسرے دن نصیبن کو انہیں دھوبی کے یہاں استری کرانے لے جانا پڑتا۔ الٹا سیدھا کھانا حلق کے نیچے اتار کر وہ بستر پر گر پڑتی۔ تکیے پر سر رکھتے ہی دیواریں، پیڑ، ساری دنیا اس کے گرد تیزی سے گھومنے لگتے۔ بھیجا دھر ادھڑ دھر ادھڑا کر کھوپڑی میں سے نکل بھاگنے کی کوشش کرتا۔ سر تکیے میں گھسا جاتا مگر تکیہ اسے اوپر اچھالتا معلوم ہوتا۔ بازو شل ہو جاتے۔ ہتھیلیوں میں سیسہ سا بھر جاتا اور ہاتھ اوپر نہ اٹھ سکتے۔ اسی طرح ٹانگیں بھی حرکت سے انکار کر دیتیں اور کمر تو بالکل پتھر بن جاتی۔ وہ اپنے پرانے ہسپتال کو یاد کرنا چاہتی، مگر وہ کسی چیز کو بھی پوری طرح یاد نہ کر سکتی کھڑکی کا کواڑ، مریضوں کی آہنی چارپائی کا پایہ، موٹر کے پہیئے، نیم کے پیڑ کی چوٹی، پان میں ستے ہوئے کالے دانت اور گھنی سخت مونچھیں، یہ سب باری باری بجلی کے کوندے کی طرح سامنے آتے اور آنکھ جھپکتے میں غائب ہو جاتے وہ کھڑکی کے کواڑ میں ایک کمرہ جوڑنا چاہتی۔ مگر اس میں زیادہ سے زیادہ ایک چٹخنی کا اضافہ کر سکتی بلکہ بعض اوقات آہنی چارپائی کا ایک پایہ تو ایک کھونٹے کی طرح اس کے دماغ میں گڑ جاتا اور کوشش کے باوجود بھی ٹس سے مس نہ ہوتا، نیم کی چوٹی کو کبھی تنا حاصل نہ ہو سکتا پھر نیم کی ہری ہری چوٹی پر ایک ریت کے حاشیہ والی نالی بہنے لگتی اور کھڑکی کے شیشے پر پان میں سنے ہوئے کالے دانت مسکراتے اور گھنے سخت بالوں والی مونچھیں بے تابی سے ہلتیں مختلف شکلیں ایک دوسرے سے دست و گریبان ہو جاتیں اور دماغ کے ایک سرے سے دوسرے تک لڑتی جھگڑتی، ٹکراتی،

روندتی، دوڑتی سیاہ آسمان پر روشن ان گنت تاروں کے گچھے کے گچھے بھنگوں کی طرح آنکھوں میں گھس گھس کر ناچنے لگتے اور جلتی ہوئی آنکھیں کنپٹیوں کی خواب آور بھد بھدے سے آہستہ آہستہ بند ہو جاتیں سونے کے بعد تو ان شکلوں کے اور بھی چھوٹے چھوٹے ٹکڑے ہو جاتے جو باری باری آتے اور اس کے دماغ پر مسلط ہو جانا چاہتے۔ اتنے ہی میں ایک ایک دوسرا آ پہنچتا اور پہلے والے کو دھکے دے کر باہر نکال دیتا۔ ابھی یہ کشمکش ختم بھی نہ ہوتی کہ ایک تیسرا آ دھمکتا۔ ان سب کی حریفانہ زور آزمائیاں اسے بار بار چونکا دیتیں اور وہ ہلکی سی کراہ کے ساتھ آنکھیں کھول دیتی پھر آنکھوں میں تاروں کے گچھے کے گچھے بھرنے لگتے کہیں صبح کے قریب جا کر یہ شکلیں تھمتیں اور اپنی رزم گاہ سے رخصت ہوتیں ہلکی ہلکی ہوا بھی چلنی شروع ہو جاتی اور ایملی نیند میں بالکل بے ہوش ہو جاتی مگر اس کی نیند پوری ہونے سے پہلے "کواڑ کھولو" کی مسلسل اور ضدی چیخیں اس کے دماغ میں گونجتیں وہی چیخیں، وہی دھڑ دھڑاہٹ، فرض اور آرام کی وہی تلخ کشمکش، وہی جھلاہٹ اور پسپائی۔

نصیبن بہار سے لوٹ آئی تھی۔ اسے شیخ صفدر علی کے ہاں بلایا گیا تھا اور پکارنے والے نے بار بار کہا تھا "جلدی بلایا ہے جلدی" ہر ایک یہی کہتا ہوا آتا ہے جلدی آخر وہ کیوں جلدی کرے؟ کیا وہ ان کی نوکر ہے؟ یا وہ اسے دولت بخش دیتے ہیں۔ ہو نہہ جلدی! وہ نہ پہنچے گی تو کیا سب مر جائیں گے؟ اور پھر وہ کریں گے ہی کیا اسے بلا کر؟ کہتی ہیں چڑیلیں "اسے کیا خاک آتا ہے "کیا خاک آتا ہے کچھ نہیں آتا اچھا پھر؟ بیٹھیں اپنے گھر، کون ان کی خوشامد کرنے جاتا ہے کچھ نہیں آتا؟ جیسے جیسے آئے اس نے دیکھے ہیں ان لوگوں کے تو خواب وخیال میں بھی نہ گزرے ہوں گے چمکدار، تیز، ہاتھی دانت کے دستے والے اور وہ ڈاکٹر کارٹ فیلڈ کے لیکچر، وہ نقشے دکھا دکھا کر جسم کے حصوں کو سمجھاتی

تھی کچھ نہیں آتا ہو نہہ!

ایملی کے ہونٹوں پر مسکراہٹ آگئی۔ پہلے تو اس کا جی چاہا کہ کہلوادے وہ جلدی نہیں آسکتی۔ وہ بالکل نہیں آئے گی۔ مگر پھر اسے خیال آیا کہ یہ لوگ محض جاہل ہی تو ہیں۔ ان کے کہنے سے اس کا بگڑتا کیا ہے اور آخر ذمہ داری تو خود اس کی ہی ہے۔ چنانچہ اس نے نصیبن سے کہا "کہہ دو کہ چلو میں آرہی ہوں۔" مطمئن ہو کر اس نے کروٹ لے لی۔ سر کو تکیے پر ڈھیلا چھوڑ دیا۔ آنکھیں بند کر لیں، ایک بازو بستر کی ٹھنڈی چادر پر پھیلا دیا اور ہاتھ چہرے پر رکھ لیا۔ اس نے چاہا کہ دماغ کو بالکل خالی کر لے اور ساکت ہو جائے مگر اس کے دل کی کھٹ کھٹ کھٹ کھٹ کانوں میں بج رہی تھی اور تھوڑی تھوڑی دیر بعد یکایک ایک پتھر سا دماغ میں آکر لگتا تھا۔ "جلد" جس سے اس کے ماتھے اور کنپٹیوں کی نسیں تن جاتی تھیں اور ٹوٹتی ہوئی معلوم ہونے لگتی تھیں۔ اسے جلدی جانا تھا جلدی اور اسی بات کے تو وہ ٹاؤن ایریا کمیٹی سے تیس روپے ماہوار پاتی تھی۔ جلد جانا تھا لیکن آخر وہ فرض پر صحت کو تو نہیں قربان کر سکتی تھی۔ کل رات ہی اسے بہت دیر ہو گئی تھی۔ وہ انسان ہی تو تھی نہ کہ مشین اب وہ محسوس کر رہی تھی کہ اس کے سر میں درد ہو رہا ہے، کمر بیٹھی جارہی ہے، کندھے اور ٹانگیں بے جان ہو گئے ہیں۔ ایسی حالت میں اتنی جلدی بہت مضر ہو گا اور خصوصاً اس قصبہ جیسی آب و ہوا میں جہاں اس کی صحت روز بروز گرتی جارہی ہے۔ ابھی آخر چار مہینے میں اسے چار دن بخار آچکا تھا اور پھر وہ وہاں جا کر بنا ہی کیا لے گی، ان لوگوں کو ایسی کیا خاص ضرورت ہے اس کی تھوڑا سا اور سو لینا ہی بہتر ہو گا۔

وہ سو جاتی مگر انگلیوں کے بیچ میں ہو کر صبح کی روشنی آرہی تھی اور اس کی آنکھوں کو بند نہ ہونے دیتی تھی۔ اس نے ہاتھ آنکھوں پر کھسکا لیا اور آنکھیں خوب بھینچ کر بند کر

لیں۔ اب اسے جھپکیاں آنا شروع ہو گئیں۔ مگر ہر دفعہ "دودھ اور دودھ "ابے او کلو ہوئے۔ "اٹھ! اٹھ! ابے پڑھنے نہیں جانے کا؟" کی صداؤں اور نسین کی لکڑیاں توڑنے اور دیگچیاں اٹھانے کی آوازوں سے وہ چونک پڑتی تھی۔ سونے کی کوشش کرتے کرتے اس کی آنکھوں میں پانی بھر آیا۔ سر میں درد ہونے لگا اور ماتھا جلنے لگا۔ وہ مایوس ہو کر سیدھی لیٹ گئی اور آنکھوں پر دونوں بازو رکھ لئے۔ اب اس کے اعضاء اور بھی بوجھل اور ناقابل حرکت ہو گئے اور وہ ان صداؤں، آوازوں، ان تحکمانہ طلبیوں "جلدی بلایا ہے۔ "اس صبح کے چاند نے، اس قصبہ پر دانت پیسنے لگی۔ وہ چاہتی تھی کہ کوئی ایسی چادر اوڑھ لے کہ اس کو ان صداؤں، آوازوں، ان تحکمانہ طلبیوں۔ "جلدی بلایا ہے "اس صبح کے چاند نے، اس قصبے۔ سب سے چھپا کے۔ جس کے نیچے ان میں سے کسی کی بھی پہنچ نہ ہو، جہاں وہ ان سب سے اپنے آپ سے غافل ہو جائے اپنے کو کھو دے اسے محسوس ہو کہ دو مضبوط اور مدت کے آشنا بازو اس کے جسم کا حلقہ کئے بھینچ رہے ہیں سر کے درد کو گویا یکایک کسی نے پکڑ لیا دو آنکھیں بھی ذرا دور چمکیں، مسکراتی ہوئی معلوم ہوئیں اور اس نے اپنے آپ کو ان بازوؤں کی گرفت میں چھوڑ دیا جسم ہوا کی طرح ہلکا ہو گیا تھا۔ سر ہلکے ہلکے جھکولے کھاتا موجوں پر بہا چلا جا رہا تھا۔ سکون تھا، خاموشی تھی اور صرف دل کے مسرت سے دھڑکنے کی آواز آ رہی تھی دو بازو اس کے جسم کو بھینچ رہے تھے۔ وہ مضبوط اور مدت کے آشنا بازو۔

اس نے ڈرتے ڈرتے آنکھیں کھولیں۔ صبح کے چاند میں چمک آ گئی تھی۔ نصیبن نے چولہے پر دیگچی رکھی۔ بکری والا محلہ سے جانے کے لئے بکریاں جمع کر رہا تھا اور کنویں کی گراری زور زور سے چل رہی تھی۔ اس کی آنکھیں اوپر اٹھیں اور ہوا میں کسی چیز کو تلاش کرنے لگیں۔

دو بادامی سائے اترنے لگے۔ آنکھوں کے پردے پھڑکے اور پلکیں آہستہ آہستہ ایک دوسرے سے مل گئیں گویا وہ ان سایوں کو پھنسا لینا چاہتی ہیں سائے کچھ دور پر رک گئے، وہ ڈگمگائے اور دھندلے ہوتے ہوتے ہوا میں تحلیل ہو گئے آنکھیں صبح بے رنگ آسمان کو دیکھ رہی تھیں۔ اس کی گردن ڈھلک گئی اور بازو دونوں طرف گر پڑے وہ مدت کے آشنا بازو مگر وہ یہاں کہاں!

چند لمحے بے حس پڑے رہنے کے بعد وہ ولیمن کو یاد کرنے لگی۔ لمبے لمبے پیچھے الٹے ہوئے بال، چوڑا سینہ، سرخ ڈوروں والی جلد، پھرتی ہوئی آنکھیں، موٹا سانچلا ہونٹ، کان کی لو تک کٹی ہوئی قلمیں، سانولے رنگ پر منڈھی ہوئی داڑھی کا گہرا نشان، آنکھوں کے نیچے ابھری ہوئی ہڈیاں اور مضبوط بازو دن میں کتنی کتنی مرتبہ اس کے بازو اسے بھینچتے تھے اور ان کے درمیان وہ بالکل بے بس ہو جاتی تھی اور بعض دفعہ تو جھنجھلا پڑتی تھی مگر اس کے جواب میں اس کا پیار اور بڑھ جاتا تھا اور اس کے دونوں گالوں پر وہ گرم اور نم آلود بوسے اور دن میں کتنی کتنی مرتبہ اس کے منہ سے شراب کی تیز بدبو تو ضرور آتی تھی۔ مگر وہ کیسے جوش سے اسے اپنے بازوؤں میں اٹھا لیتا تھا اور پاگلوں کی طرح اس کے چہرے، ہاتھوں، گردن، سینے سب پر بوسے دے ڈالتا تھا اور پھر قہقہے مار مار کر ہنستا تھا "میری جان ہاہاہاہا اے می لی ڈی یر پیاری پیاری ہاہاہا" اور وہ اس کی کیسی نگہداشت کرتا تھا۔ وہ اس سے اپنے بازوؤں میں پوچھتا۔ "اس مہینے میں کیسی ساڑھی لاؤ گی، میری جان؟ ہیں؟ اس سینے پر تو سرخ کھلے گی! کہو کیسی رہی؟ ہاہاہا" اور وہ اسے دوپہر میں تو کبھی نہ نکلنے دیتا تھا اگر اسے ایسے وقت ہسپتال سے بلایا جاتا تو وہ کہلوا دیتا کہ مس ولیمن سو رہی ہیں اور وہ اس کے اٹھنے سے پہلے چائے تیار کرا کے اپنے آپ اس کے قریب میز پر لا رکھتا تھا اور وہ اسے کتنے پیار سے بھیجتا تھا مگر وہ یہاں کہاں! اگر وہ یہاں ہوتا تو وہ اسے اتنے

سویرے کہیں نہ جانے دیتا۔ وہ یہاں ہوتا تو وہ خود کہیں نہ جاتی۔ وہ تو ایسے کواڑ پیٹ کر جگانے والے کا سر توڑ دیتا لیکن وہ یہاں ہوتا وہ اس کے پاس ہوتا تو وہ خود یہاں کیوں ہوتی۔

لیکن کچھ دوسری شکلیں ابھریں اچھا ہی ہے کہ وہ اس کے پاس نہیں ہے اس کے بال الجھے ہوئے اور پریشان تھے اور وہ اس طرح دانتوں سے ہونٹ چبا رہا تھا گویا ان کا قیمہ کر کے رکھ دے گا اور اس نے اسے کیسی بے رحمی سے بید سے پیٹا تھا۔ "لے اور لے گی بڑی بن کر آئی ہے وہاں سے وہ" اگر میم صاحب شور سن کر نہ آ جاتیں تو نہ معلوم وہ ابھی اور کتنا مارتا ایملی اپنے بازوؤں پر نشان دھونڈنے لگی ایسے ظالم سے تو چھٹکارہ ہی اچھا کیسی خونی آنکھیں اور آخر میں وہ شراب کتنی پینے لگا تھا مگر وہ ہوتا تو اسے اتنے سویرے کہیں نہ جانے دیتا مانا کہ وہ روڈا کے ساتھ رات کو بڑی دیر ٹہلتا رہتا تھا لیکن ظاہراً تو اس کے ساتھ اس کا برتاؤ ویسا ہی رہا تھا اگر وہ خود اتنا نہ بگڑتی اور اسے اٹھتے بیٹھتے طعنے نہ دیتی تو شاید بات یہاں تک نہ پہنچتی وہ اسے کتنے پیار سے بھینچتا تھا لیکن وہ لمبے منہ پر ہڈیاں نکلی ہوئی، سوکھی جیسے لکڑی ہو اور فراک پہننے کا بڑا شوق تھا آپ کو، بڑی میم صاحب بنتی تھیں۔ چار حرف انگریزی کے آ گئے تھے تو زمین پر قدم نہ رکھتی تھی مارے شیخی کے نہ معلوم ایسی کیا چیز لگی ہوئی تھی اس میں جو وہ ایسا لٹو ہو گیا تھا اس نے خواہ مخواہ فکر کی، وہ خود اسے تھک کر چھوڑ دیتا وہ اسے تھوڑے دن یونہی چلنے دیتی تو کیا تھا مگر اس نے کیسی بے رحمی سے اسے مارا تھا ہاں ایک دفعہ مار ہی لیا تو کیا ہو گیا۔ وہ خود بھی شرمندہ معلوم ہوتا تھا اور اس کے سامنے نہ آتا تھا اور اگر ڈینا اسے اتنا نہ بہکاتی تو وہ شاید طلاق بھی نہ لیتی۔ بس وہ اپنا ذرا مزا لینے کو اسے اکساتی رہی یہ اچھی دوستی ہے اب وہ ڈینا سے نہیں بولے گی اور اگر وہ ملے گی بھی تو وہ منہ پھیر کر دوسری طرف چل دے گی اور جو ڈینا اس سے بولی تو وہ صاف کہہ

دے گی کہ وہ دھوکا دینے والوں سے نہیں بولنا چاہتی ڈینا بگڑ جائے گی تو بگڑا کرے۔ اب وہ شہر کے ہسپتال سے چلی ہی آئی، اب کوئی روز کا کام کاج تو ہے نہیں کہ بولنا ہی پڑے وہ اسی طرح ڈینا کی مکاری پر پیچ و تاب کھاتی رہتی، اگر نصیبن اسے نہ پکارتی۔ "اجی میم صاحب اٹھو، سورج نکل آیا۔" وہ ہڑبڑا کر اٹھ بیٹھی اور چاروں طرف دیکھا اب تو واقعی اسے چلنا چاہئے تھا مگر پھر بھی پلنگ سے نیچے اترنے سے پہلے اس نے کئی مرتبہ انگڑائیاں لیں اور تکیہ پر سر رگڑا۔

وہ منہ دھو کر چائے کے انتظار میں پھر بستر پر آ بیٹھی۔ نصیبن لکڑیوں کو چولہے میں ٹھیک کرتی ہوئی بولی۔ "وہ منیاین کہہ رہی تھیں کہ تمہاری میم صاحب تو عید کا چاند ہو گئیں۔ کبھی آ کے بھی نہیں جھانکتی اجی ہو ہی آؤ ان کی طرف میم صاحب کسی دن؛ بڑا یاد کریں ہیں تمہیں!"

ہو ہی آئے ان کی طرف کیا کرے وہ جا کر میلے کچیلے پلنگوں پر بیٹھنا پڑتا ہے۔ ٹوٹے ٹاٹے یہاں کی عورتوں سے وہ کیا باتیں کرے؟ بس انہیں تو قصے سناتے جاؤ کہ اس کے بچہ مرا ہوا پیدا ہوا۔ اس کو اتنی تکلیف ہوئی۔ اس کو ایسی بیماری تھی۔ وہ کہاں تک لائے ایسے قصے سنانے کو اور کوئی بات تو جیسے آتی ہی نہیں انہیں اور پھر یہ لوگ کتنی بدتمیز ہیں۔ سڑے ہوئے کپڑے لے کر سر پر چڑھی جاتی ہیں اسے ان لوگوں کے ہاتھ کا پان کھاتے ہوئے کتنی گھن آتی ہے مگر مجبوراً کھانا ہی پڑتا ہے جب وہ اس سے باتیں کرتی ہیں تو ہلکے ہلکے مسکراتے جاتی ہیں جیسے اس کا مذاق اڑا رہی ہوں کن آنکھوں سے ایک دوسرے کو اور سارے گھر کو دیکھتی جاتی ہیں گویا وہ چور ہے اور ان کی آنکھ بچتے ہی کوئی چیز اڑا دے گی یہ اس سے سب عورتیں جھجکتی کیوں ہیں؟ کیا وہ ان کی طرح عورت نہیں ہے؟ یا وہ کوئی ہوا ہے عجیب بے وقوف ہیں یہ عورتیں۔ اور ہاں جب وہ ان کے ہاں جاتی ہے تو ان کے

اشارے سے جو ان لڑکیاں جلدی جلدی بھاگ کر کمرے میں چھپ جاتی ہیں۔ وہ اندر سے جھانک جھانک کر اسے دیکھتی ہیں اور اگر کہیں اس کی نظر پڑ جائے تو وہ فوراً ہٹ جاتی ہیں اور اندر سے ہنسنے کی آواز آتی ہے اور اگر انہیں اس کے سامنے آنا ہی پڑ جائے تو وہ بدن چراتی ہوئی اوپر سے نیچے تک خوب دوپٹہ تانے ہوئے آتی ہیں جیسے اس کی نظر ان میں سے کچھ چھٹا لے گی یا اس کی نگاہ پڑ جانے سے ان میں کوئی گندگی لگ جائے گی ان کی یہ حرکت اسے بالکل ناپسند ہے۔ کیا انہیں اس پر اعتماد نہیں اور وہ اس پر شک کرتی ہیں؟ اس سے تو ان کے ہاں نہ جانا ہی اچھا بیٹھیں اپنی لڑکیوں کو لے کر اپنے گھر میں اور وہ گندے بچے، مٹی سے سنے، ناک بہتی، آدھے ننگے، پیٹ نکلا ہوا، وہ سامنے آ کر کھڑے ہو جاتے ہیں اور اسے ایسے غور سے دیکھتے رہتے ہیں جیسے وہ نیا پکڑا ہوا عجیب و غریب جانور ہے اور جب وہ ان سے بولتی ہے تو وہ سیدھے باہر بھاگ جاتے ہیں وحشی ہیں بالکل، جانور بالکل اور یہ خوب ہے کہ اس کے پہنچتے ہی وہاں جھاڑو شروع ہو جاتی ہے۔ مارے گرد کے سانس لینا مشکل ہو جاتا ہے۔ ذرا خیال نہیں تندرستی کا انہیں اور کوئی کیوں ان کے ہاں جا کر بیماری مول لے اور ان کے مرد، کتنی شرم آتی ہے اسے ان حرکتوں سے۔ وہ ہمیشہ ڈیوڑھی میں راستہ گھیرے بیٹھے رہتے ہیں اور جب تک وہ بالکل قریب نہ پہنچ جائے نہیں ہٹتے "ارے حقہ ہٹاؤ، حقہ ہٹاؤ" اٹھتے اٹھتے ہی اتنی دیر لگا دیتے ہیں کہ وہ گھبرا جاتی ہے جان کے کرتے ہوں گے یہ ایسی باتیں تاکہ کھڑی رہے وہ تھوڑی دیر وہاں اور جب وہ اندر پہنچ جاتی ہے تو اسے قہقہوں کی آواز آتی ہے۔ عجیب بد تمیز ہیں انگریزوں کے ہاں کتنی عزت ہوتی ہے عورتوں کی۔ وہ بڈھے پادری صاحب جو آیا کرتے تھے، بہت اچھے آدمی تھے بیچارے، ہر ایک سے کوئی نہ کوئی بات ضرور کرتے تھے، بلکہ اسے تو وہ پہچان گئے تھے۔ سب مل کر جایا کرتے تھے اتوار کو گرجا وہ خود، ڈینا، کیٹی، میری، شیلا اور ہاں

مرسی مسز جیمس کا کتنا مذاق اڑاتے تھے سب مل کر سب سے پیچھے چلتی تھیں، چھتری ہاتھ میں لئے ہانپتی ہوئی اور ان میں تھا ہی کیا۔ ہڈیوں کا ڈھانچہ تھیں بس اور گرجا سے لوٹتے ہوئے تو اور بھی بڑا مزا آتا تھا۔ سب چلتے تھے، آپس ہنستے، مذاق کرتے افوہ، شیلا کس قدر ہنسوڑ تھی، کیسے کیسے منہ بناتی تھی۔ جب ہنسنے پر آتی تھی تو رکنے کا نام نہ لیتی تھی مگر یہاں وہ سب باتیں کہاں اب تو جیسے وہ آدمیوں میں رہتی ہی نہیں اور واقعی کیا آدمی ہیں یہاں والے؟ اول تو اسے اتنی فرصت ہی کہا ملتی ہے۔ ہر وقت پاؤں میں چکر رہتا ہے اور پھر ایسوں سے کوئی کیا ملے؟ جیسے جانور نہ کوئی بات کرنے کو، نہ کوئی ذرا ہنسنے بولنے کو، بس آؤ اور پڑ رہو لے دے کے رہ گئی نصیبن، تو اسے اس کے سوا کوئی بات ہی نہیں آتی کہ اس کا بیٹا بھاگ گیا، اس کی اپنے میاں سے لڑائی ہو گئی۔ اس کے یہاں برات بڑی دھوم دھام سے آئی اسے کیا ان باتوں سے، ہوا کرے، اس سے مطلب یا بہت ہوا تو اسے خواہ مخواہ ڈراتی رہے گی چوروں کے قصے سنا سنا کر ایک دفعہ اس نے سنایا تھا کہ ایک دوسرے قصبے کی مڈوائف کو کچھ لوگ کیسے بہکا کر لے گئے تھے۔

اور اس کے ساتھ کیسا سلوک کیا تھا بکتی ہے بھلا کہیں یوں بھی ہوا ہے لیکن اگر کہیں اس کے ساتھ مگر نہیں، بیکار کا ڈر ہے، جو یوں ہوا کرے تو لوگ گھر سے نکلنا چھوڑ دیں بھلا دنیا کا کام کیسے چلے پاگل ہے بڑھیا، بہکا دیا ہے کسی نے اسے مگر ایسی جگہ کا کیا اعتبار، نہ معلوم کیا ہو گیا نہ ہو۔ کوئی ساتھ بھی تو نہیں اگر وہ مڈوائف نہ بنتی تو اچھا تھا اور وہ تو خود ٹیچر بننا چاہتی تھی بلکہ پاپا بھی یہی چاہتے تھے مگر ماما ہی کسی طرح راضی نہ ہوئیں کتنے دن ہو گئے پاپا کو بھی مرے ہوئے بارہ سال، کتنا زمانہ گزر گیا اور معلوم ہوتا ہے جیسے کل کی بات ہو کتنا پیار کرتے تھے وہ اسے روز سکول پہنچانے جاتے تھے ساتھ کلاس میں اس کی سیٹ میز کے پاس تھی اور وہ انگریزی کے ماسٹر صاحب بہت اچھے آدمی تھے بے چارے، چاہے

وہ کام کر کے نہ لے جائے، مگر کبھی کچھ نہیں کہتے تھے اور لڑکے تو نہ جانے اسے کیا سمجھتے تھے۔ سارے اسکول میں وہ اکیلی ہی لڑکی تھی نا، سب کے سب ماسٹر صاحب کی نظریں بچا بچا کر اس کی طرف دیکھتے رہتے تھے ارے وہ موٹا کرم چند، بھلا وہ بھی تو اس کی طرف دیکھتا تھا جیسے وہ بڑا خوبصورت سمجھتی تھی اسے اور ہاں وہ عظیم! یاد بھولا تھا۔ بیچارا، سوکھا سازرد، مگر آنکھیں بڑی بڑی تھیں اس کی۔ دیکھتا تو وہ بھی رہتا تھا اس کی طرف، مگر جب کبھی وہ اسے دیکھ لیتی تھی تو وہ فوراً شرما کر نظریں نیچی کر لیتا تھا اور رومال نکال کر منہ پونچھنے لگتا تھا اور اس دن وہ دل میں کتنا ہنسی تھی۔ اس دن وہ اتفاق سے جلدی آگئی تھی۔ برآمدہ میں دوسری طرف سے وہ آرہا تھا، جب وہ قریب آیا تو اس کا چہرہ سرخ ہو گیا اور گھبرا گھبرا کر چاروں طرف دیکھنے لگا۔ اس کے پاس پہنچ کر وہ رک گیا اور کچھ کہنے سا لگا۔ ڈرتے ڈرتے عظیم نے اس کا ہاتھ پکڑ لیا اور پھر جلدی سے چھوڑ دیا، اسے گھبرایا ہوا دیکھ کر وہ خود پریشان ہو گیا تھا اور اس نے بہت گڑگڑا کر کہا تھا۔ "کہیے گا نہیں۔" وہ کتنے دن اس بات کو یاد کر کے ہنستی رہی تھی کتنا سیدھا تھا واقعی وہ وہ ابھی اسکول ہی میں رہتی تو کتنا مزا رہتا مگر وہ زمانہ تو اب گیا اب تو وہ یہاں دنیا سے الگ پڑی ہے۔ کوئی بات تک کرنے کو نہیں کسی کا خط بھی جواب وہی "نہیں" اور جو آیا بھی تو بس وہی لمبے بادامی لفافے آن ہنر میجسٹیز سروس ڈسٹرکٹ ہیلتھ آفیسر کی ہدایتیں، یوں کرو اور یوں کرو کوئی اس کی مانے بھی جو وہ یوں کرے خواہ مخواہ کی آفت اور پھر خط آئے بھی کہاں سے اگر آنٹی ہی دلی سے خط بھیج دیا کریں تو کیا ہے مگر وہ تو برسوں بھی خبر نہیں لیتیں ایک دفعہ جانا چاہئے اسے دلی اچھا شہر ہے کیا چوڑی سڑکیں ہیں اور سنیما کس کثرت سے ہیں اور وہ وہ خیر ہے ہی مگر ہو کائیں، کائیں، کائیں نے اسے چونکا دیا۔ دھوپ آدھی دیوار تک اتر آئی تھی، کوا زور زور سے چیخ رہا تھا اور وہ بستر پر پیر نیچے لٹکائے لیٹی تھی۔ اسے جلدی جانا تھا اور اس نے بے کار

لیٹے لیٹے اتنی دیر لگا دی تھی۔ وہ نصیبن پر اپنا غصہ اتارنے لگی کہ اس نے چائے کیوں نہیں لا کر رکھی مگر وہ سمجھ رہی تھی کہ میم صاحب سو رہی ہیں اور واقعی، اس نے خیال کیا۔ اس سے تو وہ اتنی دیر سو ہی لیتی تو اچھا تھا۔ بہر حال اس نے نصیبن کو جلدی سے چائے لانے کو کہا۔

اس نے دوبارہ منہ دھویا اور الٹی سیدھی چائے پینے کے بعد وہ کپڑے بدلنے چلی۔ ٹرنک کھول کر وہ سوچنے لگی کہ کونسی ساڑھی پہنے سفید، سرخ کناروں والی۔ مگر کیا روز روز ایک ہی رنگ اور پھر سفید ساڑھی میلی کتنی جلدی ہوتی ہے۔ اس کی بہار تو بس ایک دن ہے۔ اگلے دن کام کی نہیں رہتی نیلی ساڑھی نیچے سے چمک رہی تھی اسے ہی کیوں نہ پہنے ؟ مگر اسے نیلی ساڑھی پہنے دیکھ کر تو لوگ اور بھی باؤلے ہو جائیں گے وہ جدھر سے نکلتی ہے سب کے سب اسے گھورنے لگتے ہیں۔ اسے بڑی بری معلوم ہوتی ہے ان کی یہ عادت اور ان زمینداروں کو دیکھو، بڑے شریف بنتے ہیں؟ خیر یہ تو جو کچھ ہے سو ہے، جب وہ آگے بڑھ جاتی ہے تو وہ ہنستے ہیں اور طرح طرح کے آوازے کستے ہیں "کہو یار!" "ابے مجید ذرا ایچو!" کوئی کھانسنے لگتا ہے؛ کیا وہ سمجھتی نہیں ذرا شہر میں کر کے دیکھتے ایسی باتیں وہ مزا چکھا دیتی انہیں مگر یہاں وہ کیا کرے، مجبور ہو جاتی ہے۔

ان کی ہی وجہ سے تو اس نے رنگ دار ساڑھیاں چھوڑ دیں اور سفید پہننے لگی، مگر پھر بھی نہیں مانتے اب اگر آج وہ نیلی ساڑھی پہن کر جائے گی تو نہ معلوم کیا کیا کریں گے تو پھر سفید ہی پہن لے مگر روز روز سفید اور کیا، وہ کوئی ان سے ڈرتی ہے۔ ہنستے ہیں تو ہنسا کریں، کوئی اسے کھا تھوڑی لیں گے، بھلا کیا بگاڑ سکتے ہیں وہ اس کا؟ اب وہ پھر رنگ دار ساڑھیاں پہنا کرے گی دیکھیں وہ اس کا کیا بناتے ہیں ہنسیں گے تو ضرور مگر اس سے ہوتا ہی کیا ہے آج ضرور نیلی ساڑھی پہنے گی!

نیلی ساڑھی پہن کر اس نے بال بنانے کے لئے آئینہ سامنے رکھا۔ کم خوابی سے اس کی آنکھیں لال اور کچھ سوجی ہوئی سی تھیں۔ وہ ہاتھ میں آئینہ اٹھا کر غور سے دیکھنے لگی مگر یہ اس کا رنگ کیوں خراب ہوتا چلا جا رہا تھا اور کھال بھی کھردری ہو چلی تھی۔ جب وہ لڑکی تھی تو اس کے چہرے پر کتنی چمک تھی رنگ سانولا تھا تو کیا، چمکدار تو تھا اس کی آنٹی ہمیشہ ماما سے کہا کرتی تھیں۔ "تمہیں بیٹی اچھی ملی ہے مگر اب" اس نے آئینہ رکھ دیا اور اپنے جسم کو اوپر سے نیچے تک ایسی حسرت سے دیکھنے لگی جیسے مور اپنے پروں کو۔ اس کے بازوؤں کا گوشت لٹک آیا ہے اور ٹھوڑی بھی موٹی ہو گئی ہے اور ہاتھ اب کتنے سخت ہیں۔ بال بھی سوکھے ساکھے اور ہلکے رہ گئے ہیں اور تیزی تو اس میں بالکل نہیں رہی ہے۔ پہلے وہ کتنا کتنا دوڑتی بھاگتی تھی اور پھر بھی نہ تھکتی تھی۔ مگر اب تو تھوڑی ہی دیر میں اس کی کمر ٹوٹنے لگتی ہے۔

اس نے ایک لمبی سی انگڑائی اور پھر ایک گہرا سانس لیا۔ بے رونق چہرے اور پلپلے بازوؤں نے نیلی ساڑھی کا رنگ اڑا دیا تھا۔ اس نے بال ایسی بے دلی سے بنائے کہ بہت سے تو ادھر ادھر اڑتے رہ گئے۔ بال بن چکے تھے مگر وہ برابر آئینے کو تکے جا رہی تھی اور اس کا دماغ سمٹ کر آنکھوں کے پپوٹوں میں آ گیا تھا جن میں ایک ہی جگہ ٹھہرے ٹھہرے مرچیں سی لگنے لگی تھیں۔

جب اس نے آئینہ رکھا تو اسے میز کے کونے پر دیوار کے قریب بائبل رکھی نظر آئی۔ یہ بچپن میں سالگرہ کے موقع پر اس کے پاپا نے اسے دی تھی۔ مدتوں میں اس نے اسے کھولا تک نہ تھا اور وہ گرد سے اٹی پڑی تھی۔ اس کتاب نے اسے پھر پاپا کی یاد دلا دی اور وہ اسے اٹھانے پر مجبور ہو گئی۔ پہلے ہی صفحہ پر اس کا نام لکھا تھا۔ یہ دیکھ کر اسے ہنسی آئی کہ وہ اس وقت کیسے ٹیڑھے میڑھے حروف بنایا کرتی تھی۔ اسے یہ بھی یاد آیا کہ اس

زمانہ میں اس کے پاس ہرا قلم تھا۔ اس کا ارادہ ہوا کہ اب کے جب وہ شہر جائے گی تو ایک ہرا قلم ضرور خریدے گی مگر اسے خیال آیا کہ وہ قلم لے کر کرے گی ہی کیا۔ اب اسے کونسا بڑا لکھنا پڑھنا رہتا ہے۔

اس کے پاپا اسے بائبل پڑھنے کی کتنی ہدایت کیا کرتے تھے۔ اسے اپنی بے پروائی پر شرم سی محسوس ہوئی اور وہ بائبل کے ورق الٹنے لگی پیدائش خروج ورق تیزی سے الٹے جانے لگے استثنا روت یرمیاہ حقوق متی لوقا رسولوں کے اعمال کہاں سے پڑھے آدم نوح طوفان ابراہیم کشتی صلیب مسیح یسو راجا آئے گرجا کا گھنٹہ سب مل کر گرجا جاتے تھے، ہنستے مذاق کرتے آخر وہ فیصلہ نہ کر سکی کہ کون سی جگہ سے پڑھے اور اسے جلدی جانا تھا، اتنا وقت بھی نہیں تھا لیکن اس نے ارادہ کر لیا کہ وہ اب روز صبح کو بائبل پڑھا کرے گی ورنہ کم سے کم اتوار کو ضرور لیکن دعا تو مانگ ہی لینی چاہئے بہت بری بات ہے ماما کبھی بغیر دعا مانگے نہیں سونے دیتی تھیں اور پھر اس میں وقت بھی کچھ نہیں لگتا اور لگے بھی تو کیا دنیا کے دھندے تو ہوتے ہی رہتے ہیں۔

اس نے دماغ کو ساکن بنانا چاہا اور آنکھیں بند کر لیں مگر باوجود اس کے آنکھیں پٹ پھٹانے سے پہلے تو اس کی ماما اس کی آنکھوں میں گھس اور پھر پاپا اور ان کے پیچھے پیچھے گرجا کی سڑک، گھنٹہ اور سب مل کر گرجا جایا کرتے تھے ہنستے، مذاق کرتے۔

اس نے آنکھیں کھول کر سر کو اس طرح جھٹکے دیا گویا ان سب کو اپنی آنکھوں میں سے جھاڑ رہی ہے آخر دماغ بالکل خالی ہو گیا اور خاموش۔ صرف کانوں اور سر میں دل کے دھڑکنے کی آواز آ رہی تھی۔ اس نے دوبارہ آنکھیں بند کر لیں۔ دونوں ہاتھ جوڑ لئے اور دعا کو دہراتی چلی گئی۔ "اے میرے باپ تو جو آسمان پر ہے تیرا نام پاک مانا جائے تیری بادشاہی آئے۔ تیری مرضی جیسے آسمان پر پوری ہوتی ہے ویسے ہی زمین پر ہو۔ ہماری روز

کی روٹی آج ہمیں دے اور ہمارے قصوروں کو معاف کر جیسے ہم بھی اپنے قصوروں کو معاف کرتے ہیں۔ کیونکہ قدرت جلال ابد تک تیرا ہی ہے۔ آمین!"

آنکھیں کھولنے پر اس نے کچھ اطمینان سا محسوس کیا اور مسکرانے کی کوشش کرنے لگی اس نے پھر آئینہ میں جھانکا اور چاہا کہ کسی خاص چیز کے لئے دعا مانگے لیکن کیا چیز؟ کوئی! اس کا تبادلہ شہر میں ہو جائے مگر وہاں اسے پھر ولیمن کا سامنا کرنا پڑے گا۔ اس سے تو یہ قصبہ ہی بہتر ہے پھر اور کیا؟ وہ ایک کہانی تھی کہ ایک پری نے ایک آدمی سے تین خواہشیں پوری کرنے کا وعدہ کیا تھا پھر آخر کیا؟"

اس نے بہت بازو ملے۔ مگر کوئی بات یاد نہ آئی۔ اسے دیر ہو رہی تھی اس لئے اس نے اپنی دعاؤں اور خواہشوں کو چھوڑ دیا اور چھتری اٹھا کر چل پڑی۔

سڑک پر پہنچ کر اس پر محض ایک جلدی پہنچنے کا خیال غالب تھا۔ صبح کی اس تمام کاہلی اور سستی کے بعد اسے اعضا کو حرکت دینے میں فرحت محسوس ہو رہی تھی۔ سورج کی ہلکی سی گرمی اور چلنے سے اس کے خون کی حرکت تیز ہو گئی تھی اور وہ سڑک کی نالی ریت کنکروں سب سے بے پروا اپنا راستہ طے کرنے میں لگی ہوئی تھی۔ اگر اسے اپنی رفتار میں کبھی کچھ سستی معلوم ہوتی تو وہ اور قدم بڑھانے کی کوشش کرتی۔ سڑک پر کھیلنے والے لڑکے ابھی تک نہ نکلے تھے۔ اس لئے اپنی آنکھ ناک کی حفاظت کی ضرورت نہ تھی۔ جب وہ دیواروں کے سایہ میں سے گزرتی تو اس کے پیر اور بھی تیز اٹھنے لگتے تھے۔

وہ جلدی ہی بازار میں پہنچ گئی۔ شیخ صفدر علی کا مکان اب تھوڑی ہی دور رہ گیا تھا اور اطمینان سا ہو گیا تھا کہ زیادہ دیر نہیں ہوئی۔ وہ چلی جا رہی تھی کہ اس کی نظر ایک دکاندار پر پڑی۔ وہ اپنے سامنے والے کو آنکھ سے اشارہ کر رہا تھا اور مسکرا رہا تھا۔ کیا یہ اسے دیکھ رہا تھا؟ ممکن ہے وہ پہلے سے کسی بات پر ہنس رہے ہوں اور اسے دیر بھی ہو گئی تھی وہ

آگے بڑھی ہی تھی کہ آواز آئی "آج تو آسمان نیلا ہے بھئی بڑے دن میں ایسا ہوا ہے آج "اس نے چاہا پلٹ کر چھتری رسید کرے اس بد تمیز کے چاہے کچھ ہو آج وہ کھڑی ہو جائے اور صاف صاف کہہ دے کہ وہ ان لوگوں کی باتیں اچھی طرح سمجھتی ہے اور اب وہ زیادہ برداشت نہیں کر سکتی آخر کہاں تک پیر من من بھر کے ہو گئے تھے اور ٹانگیں تھر تھرا رہی تھیں جس سے وہ کئی دفعہ چلتے چلتے ڈگمگا گئی مگر ان آنکھوں نے جو اب ہر طرف سے اس کی طرف دیکھ رہی تھیں اسے رکنے نہ دیا۔ وہ اپنی ساڑھی میں کچھ سکڑ سی گئی۔ اس نے پلو اچھی طرح سینے پر کھینچ لیا اور سر جھکا کر قدموں کو سڑک پر سے اکھاڑنے لگی

جب وہ شیخ صفدر علی کے مکان پر پہنچی تو وہ ڈیوڑھی میں کچھ لوگوں کے ساتھ بیٹھے حقہ پی رہے تھے۔ اسے دیکھتے ہی وہ کھڑے ہو گئے اور ایسے شکایت آمیز لہجے میں جیسے اس نے کوئی نایاب موقع ہاتھ سے نکل جانے دیا تھا جس پر شیخ جی کو اس سے ہمدردی تھی بولے:

"اخاہ میم صاحب! بڑی ہی دیر کر دی تم نے تو!"

جی ہاں وہ ذرا دیر ہو گئی۔" کہتی ہوئی وہ زنانہ کی طرف بڑھی۔ جب وہ دروازہ پر پہنچی تو اس نے دیکھا کہ قصبہ کی پرانی دائی بائیں ہاتھ پر کپڑے اٹھائے اور داہنے ہاتھ میں لوٹا ہلاتی صحن سے گزر رہی ہے، یہ کہتی ہوئی

"جرا دیکھ تو ابھی تک نہ نکلی گھر سے حرام جادی"

Ref.: penslipsmagazine.com

٭٭٭

# کاکروچ کی کتھا

## طلعت زہرا

میں ایک کونے میں دبکا بیٹھا ہوں لیکن یہ ڈراونے پہاڑ نما دیو اور آنکھوں کو خیرہ کرتی روشنی مجھے زندہ درگور کرنے کے لئے کافی ہے۔ میرے نازک اینٹینا جن کو میں بار بار صاف کر رہا ہوں کہ میں کہیں کسی ممکنہ خطرے سے بے خبر نہ رہ جاوں لیکن یہ سب بے سود ہے۔ ہر لمحہ موت کا دھڑکا اور یوں خالی پیٹ اس کونے میں کتنے دن گزار سکوں گا۔ موت تو برحق ہے لیکن یہ سب کیا ہو رہا ہے لوگوں کے جھنڈ کے جھنڈ، جگمگاتی دوکانیں، شوکیسوں میں لاکھوں ڈالر کی اشیاء، ایک دن میں کھربوں کی اشیاء ضرورت، نہیں نہیں، غیر ضروری اشیاء کا تبادلہ، فیکٹری سے دوکان، دوکان سے مکان اور اگلے چند دن میں مکان سے باہر کوڑے والے کے انتظار میں یہ اشیاء۔۔۔

اس سب ضیاع کا کون ذمہ دار ہے؟ فیکٹریوں کے مالک یا خریدار جو بھیڑ بکریوں کی طرح اپنے سٹیٹس سمبل کے لئے یہ سب کرتے ہیں۔ اف۔۔۔۔ وہ دن جب میں بھی صبح کا گیا رات گئے گھر لوٹتا تھا دفتر سے تھکا ہارا، ان سب اشیاء سے مجھے ملنے کا وقت ہی کہاں تھا۔ اس حالت کو پہنچنے سے پہلے آخری رات جب میں نے اپنے والد کو اپنی تنخواہ دی تھی، میں کس اطمینان سے سویا تھا۔ کیوں یہ سب سائے بھاگ رہے ہیں، کل کرسمس ہے، گھر سجائیں گے، تحائف کے تبادلے ہوں گے، کھانے کی دعوتیں، موسیقی کی محفلیں ہوں گی

اور پرسوں۔۔۔ وہی مالک وہی مزدور، سارا سال محنت، عمارات کی تعمیر، شہر کے شہر بسائے جائیں گے، کھیت کھلیان کا دھندا، معمولی اجرت پر تمام دنیا کی تعمیر کا کام کرتے ہم خود ہی نقب زن اور ہم خود ہی نقیبچی۔ یہ دھڑ دھڑ کا شور کیسا ہے۔ اوہ، لگتا ہے میرے پیچھے کوئی دروازہ کھلا ہے۔ یہ تو قسمت ہی کھل گئی۔ باہر جانے کا راستہ ہے۔ میں رینگتا ہوا دیوار کے ساتھ ساتھ چپک کر، مبادا کسی کے پاوں تلے کچلا جاوں، اس شور سے دور ہوتا چلا گیا۔

"میں وعدہ کرتا ہوں کہ الیکشن جیتنے کے فورا بعد میں آپ سب کی مشکلات حل کر دوں گا۔ کوئی غریب نہیں رہے گا، بجلی پانی آٹا چینی، ہر سہولت مہیا کی جائے گی۔ بس آپ سب کے تعاون کی ضرورت ہے۔۔۔۔۔۔۔۔۔۔۔۔"

میں بار بار اس درخت کی کھال میں سونے کی کوشش کر رہا ہوں مگر یہ فقیرانہ صدائیں مجھے سونے نہیں دیتیں۔ اے قدرت تیرا نظارہ کتنا حسین ہے۔ نیلا کشادہ آسمان، مٹیالی زمین، لہراتی گنگناتی ڈالیاں، ہریالیاں، کھیتوں میں سونے کی بالیاں، اور سرسراتی ہوا کی لوریاں، ان سب میں یہ بھیانک گداگر۔۔۔ ہاں ہاں کوئی غریب نہیں رہے گا، کیونکر رہے گا۔۔ کیونکر رہے گا۔ ضروریات کو سہولیات بتا رہے ہو اور ان ضروریات کے بم پہلے ہی غریبوں پر پھاڑ چکے ہو۔ بس اب ایسے ہی گذارا کرو۔

"سفید لومڑی مردہ باد" کے نعرے نیں میرا تجسس بڑھا دیا۔ میں نے چھال سے منہ نکال کر جھانکا۔ سامنے ایک سٹیج پر بڑا سا عقاب کے دھڑ اور سانپ کے سر والا عفریت زور و شور سے تقریر کر رہا تھا۔ سامنے بیشمار گدھوں کے سر نظر آئے جن سے وہ مخاطب تھا اور شاید وہی ڈھینچوں ڈھینچوں کر رہے تھے۔ بیچ بیچ میں مجھے کہیں رنگین بھیس بدلی لومڑیاں بھی دکھائی دیں۔ جو گاہے بگاہے عقاب کو اشارے سے کچھ کہہ رہی تھیں۔

تقریر ختم ہوئی تو گدھوں کے جدھر سینگ سمائے یہ جا وہ جا۔ عقاب نما عفریت کے گرد لومڑیاں اکٹھی ہو گیئں اور اسکے آگے بہت سے مرے ہوئے گدھے، انڈے اور دیگر اشیاءڈال کر چلتی بنیں۔ میں نے شکر کیا اور سونے کی کوشش کی لیکن یہ بات میرے ذہن سے محو نہ ہو سکی کہ آخر لومڑیاں اپنے ہی خلاف "سفید لومڑی مردہ باد" کے نعرے کیوں لگوا رہی تھیں۔

جب میں کالج میں پڑھتا تھا تو اکثر فلسفے اور نفسیات پر بات ہو جایا کرتی تھی۔ مجھے وہ ریورس سایئکولوجی والی تھیوری یاد آگئی جو گدھوں کو مزید "گدھا" بنانے میں معاون ہوتی ہے۔ویسے بھی یہ نعرہ عقاب کی اصلیت چھپانے کے لئے مدد گار تھا۔ اف یہ گدھے۔۔۔ میرے زخمی پاوں میں اب بھی درد باقی تھا۔ میں لنگڑاتا ہوا ایک گھر میں جا گھسا کہ وہاں کسی کونے کھدرے میں جا سو رہوں گا۔ اتفاق سے دروازہ کھلا تھا۔ میں پائدان سے بچتا بچاتا صوفے کی اوٹ لیتا، پنیر کی خوشبو کی سمت چل پڑا۔ باورچی خانے میں کوڑے دان کا ڈھکن ادھ کھلا رہ گیا تھا۔ اس میں کھانے کی بے شمار چیزیں پڑی تھین جو یقیننا بچوں نے آدھی ادھوری کھا کر پھینک دی تھیں۔ میں نے دوزخ کی آگ کو ٹھنڈا کیا اور مزے سے دراز کے نچلے حصے میں لیٹ گیا۔

اچانک کمرے میں وہ لوگ داخل ہوئے۔ وہ آہستہ آہستہ باتیں کر رہے تھے۔ انہوں نے فریج کھولا، لڑکے نے ٹھنڈے پانی کی بوتل کو منہ لگایا۔ لڑکی نے جلدی جلدی ایک بڑے ڈبے میں انواع واقسام کے کھانے سجانے شروع کر دیئے۔ کچھ روٹیاں کپڑے میں باندھیں اور کہنے لگی " جلدی چلو۔ مالک اٹھ گئے تو بہت برا ہو گا، بچے بھی بھوک سے بلک رہے ہیں، رو رو کر برا حال ہے" لڑکے نے خالی بوتل بھر کر فریج میں رکھی اور دونوں دبے پاوں نکل گئے۔

میں نے کوڑے دان میں نقب لگائی، نوکر نیں مالک کے باورچی خانے میں۔مالک فیکڑی کے راستے نقب زنی کرتے ہیں۔ ٹیکس چراتے ہیں اور فیکٹریاں حکومتوں میں اور حکومت۔۔۔وہ تو بس ٹیکس عائد کرتی ہے۔ایک سلسلہ نقب زنی ہے اور بچے بھوک سے رورہے ہیں۔۔۔کس کس کے ؟ منہ اندھیرے میں نے اپنا منہ صاف کیا، منہ ہی سے اپنے اینٹینا صاف کئے اور لیٹ گیا۔اوندھا لیٹے لیٹے میں بھول گیا تھا کہ سیدھا لیٹنے میں کیا مزہ ہے۔اگر میں کبھی الٹ بھی جاوں تو کام کرنے والے مزدوروں کی طرح ساری عمر الٹا ہی پڑا رہوں۔مجھے اپنا بستر بہت یاد آیا۔ سر شام ٹی وی کے شور نے مجھے متوجہ کیا۔یہاں تبصرے چل رہے تھے۔

"ویت نام پہ نیپام بم اور ایجنٹ اورنج کی نوعیت دوسری جنگ عظیم میں نازی کی بربریت سے سوا نہیں تھی۔افغانستان میں القاعدہ اور طالبان کا خاتمہ کرتے کرتے افغانستان اور پاکستان کا خاتمہ ہو رہا ہے۔عراق میں صدام کی حکومت کو گرانے کا مقصد خلیجی جنگ کو ختم کرنا تھا یا عراقی عوام کو یا کچھ اور۔۔۔لیبیا اور پھر شام اور مصر،"

کائنات، قدرت یا زندگی کن سلسلوں کے نام ہیں۔؟ طرح طرح کے سلسلے۔میرا زخم گہرا ہوتا گیا۔تکلیف کی شدت سے چلا نہ جاتا، کیا ہیروشیما اور ناگا ساکی کے بعد اب۔۔۔۔میری ٹانگ کے زخم سے اب مواد رسنا شروع ہو گیا ہے۔۔۔۔

وہ کڑوڑوں جاپانی جو یورینیم کے مضر اثرات سے معذور، لنگڑے اندھے اور بہرے پیدا ہوئے، عراق اور ویت نام،—جہاں ایک نسل درمیان میں سے غائب ہو گئی۔۔۔۔،،، یا کر دی گئی،۔۔۔۔۔ اف میری ٹانگ۔کیا میری نوع بھی؟ اب یاد نہیں کہ کس وقت کی خبروں کے دوران افزودگی کا ماہر، بد شکل سا ایک سائنسدان فخر سے بتا رہا تھا کہ اسکی نئی تحقیق کی بنیاد فرانز کافکا کی ایک کہانی بنی۔ بھیڑیئے کی طرح دانت نکوستے

ہوئے اس نے فخر سے یہ اطلاع بھی دی کہ اس بار کا کروچ بھی۔۔۔۔۔ ابھی آنکھ لگی ہی تھی کہ امی کی آواز آئی "علی بیٹے اٹھ بھی جاو۔ آج کیا دفتر نہیں جانا" میں نے چاہا کہ کافکا کی طرح سکرٹ میں پناہ لوں، لیکن آپا یونیورسٹی جا چکی تھیں۔

Ref.: penslipsmagazine.com

\*\*\*

# لاک ڈاون سے لاک اپ تک

## ڈاکٹر سلیم خان

کورونا کے غم کی لہر کو لاک ڈاون نے خوشی میں بدل دیا۔ جمال کے گھر میں اس کی بیوی جمیلہ کے سوا ہر کوئی خوشی سے پھولا نہیں سما رہا تھا۔ جمال کے والد کمال صاحب اس لیے خوش تھے کہ پہلی بھر سارے گھر کے لوگ ایک ساتھ جمع تھے۔ کوئی کہیں آجا نہیں رہا تھا۔ اپنے آپ میں مست لوگ کم از کم گھر کے اندر تو تھے۔ اپنی بہو، بیٹے اور پوتوں و پوتیوں کو ایک ساتھ دیکھ کر ان کو بہت اچھا لگ رہا تھا۔ کمال صاحب کی اہلیہ افسری بیگم کو خوشی اس بات کی تھی اب گھر کا سارا کام ان کی بہو کو کرنا پڑ رہا تھا۔ جمیلہ بہو بننے سے قبل ٹیچر بن چکی تھی۔ اس لیے گھریلو کاموں سے خود کو الگ تھلگ رکھنے کے اس کے پاس ہزار بہانے ہوتے تھے۔ اسکول کے اندر نہایت چاک و چوبند رہنے والی جمیلہ گھر آتے ہی تھک کر چور ہو جاتی تھی۔

جمیلہ کا ابتداء میں یہ معمول تھا کہ دوپہر کو ساس کے ہاتھ کا بنا کھا کر سونا اور شام میں اٹھ کر بچوں کے پرچے جانچنا۔ افسری بیگم پوچھتیں کہ بہو تم پڑھاتی بھی ہو یا امتحان ہی لیتی رہتی ہو تو اس کا جواب ہوتا ۵ کلاسوں کو پڑھاتی ہوں۔ ہر ایک کا ماہانہ ٹسٹ ہوتا ہے۔ پہلے پرچہ ترتیب دینا ہوتا ہے اور پھر جانچنا اس طرح پورا مہینہ اسی کی نذر ہو جاتا۔ جمیلہ کے ببلو اور ببلی جب اسکول جانے لگے تو ان کے پڑھانے کا کام بڑھ گیا۔ اسی کے ساتھ

محلے بھر کے بچے گھر میں پڑھنے کے لیے آنے لگے۔ اس طرح چونکہ اضافی آمدنی ہو جاتی تھی اس لیے افسری بیگم نے اسے بھی برداشت کر لیا اور شام کا کھانا بھی خود بنانے لگیں۔ سچ تو یہ ہے افسری بیگم کو لاک ڈاون کی بدولت پہلی بار اپنی بہو سے خدمت لینے کا موقع ملا تھا۔

افسری بیگم کی زندگی میں سب سے اچھا وقت سرما اور گرما کی تعطیلات میں آتا۔ چھٹیوں میں نتائج تقسیم کرنے تک جمیلہ بے حد مصروف رہتی اور اگلے ہی دن اپنے شوہر بچوں سمیت میکے ملکاپور چلی جاتی۔ افسری بیگم کو اس کا کوئی افسوس نہ ہوتا کیونکہ اول تو ان کے کام کا بوجھ کم ہو جاتا اور ایک دو دن کے اندر ان کی دبیٹیاں اپنے میکے آجاتیں۔ پھر کیا خدمت ہی خدمت۔ سچ تو یہ ہے کہ کمال صاحب اور افسری بیگم کے لیے وہی سب سے اچھا زمانہ ہوا کرتا تھا لیکن اس زمانے نہ جمال موجود ہوتا اور نہ بلو و ببلی۔ بچوں کی کمی دادا اور دادی کو بہت کھلتی لیکن وہ بیچارے کر بھی کیا کر سکتے تھے۔ لاک ڈاون نے سب کچھ بدل دیا تھا۔ اسکول اور ٹیوشن سب بند ہو گئے تھے۔ بچے خوشی سے پھولے نہیں سما رہے تھے۔ انہیں نہ جانے کس نے بتا دیا تھا کہ اس سال امتحان بھی نہیں ہوں گے اور وہ بغیر کسی ابتلاء و آزمائش کے اگلی کلاس میں ڈھکیل دیئے جائیں گے۔

ان سب سے زیادہ خوش جمال تھا کیونکہ وہ جس بین الاقوامی کمپنی میں کام کرتا تھا اس کے دفاتر ہانگ کانگ اور سنگاپور سے لے نیویارک اور لاس اینجلس تک پھیلے ہوئے تھے۔ صبح آنکھ کھلتی تو مشرق بعید کے ای میل اس کے جواب کا منہ کھولے انتظار کر رہے ہوتے۔ اس لیے کہ دفتر کا سارا ریکارڈ اس کے کمپیوٹر میں بند تھا اور اس کا کام مختلف دفاتر کو معلومات فراہم کرنا تھا۔ اس کو بستر پر چائے پیتے ہوئے بھی دو چار ضروری جوابات دینا پڑ جاتے تھے۔ دفتر پہنچنے تک ہندوستان اور جنوب ایشیا کا سلسلہ جاری ہو جاتا۔ دوپہر بعد

یوروپ سے آنے والے خطوط کا اضافہ ہو جاتا اور شام میں جب ہانگ اور سنگاپور والے سونے کی تیاری کرنے لگتے تو امریکہ بیدار ہو جاتا۔ یہاں تک کہ بستر پر جانے تک بھی کچھ نہ کچھ کام بچ ہی جاتا تھا۔

وقت کی چکی میں بری طرح پسنے والا جمال یہ سمجھنے سے قاصر تھا کہ آخر اس کا ہر گاہک اور ہر افسر گھوڑے پر سوار ہو کر کیوں آتا ہے۔ ان کو اتنی جلدی کیوں ہوا کرتی ہے۔ جیسے اگر یہ معلومات فوراً نہ ملے تو آسمان پھٹ جائے۔ ان گھڑ سواروں کو جمال کے ٹاپ کے نیچے روندے جانے کا احساس تک نہیں ہوتا تھا لیکن کورونا کی وباء نے وقت کا پہیہ روک دیا تھا اور اب وہ گھوڑے بیچ کر سونے لگا تھا۔ وہ اپنا ایک ایک ارمان نکال رہا تھا۔ یو ٹیوب پر ایسی ساری ویڈیوز اس نے دیکھ ڈالی تھیں جن سے مستفید ہونا اس کے تصور بھی محال تھا۔ ایسے ایسے دوستوں سے فون اور فیس بک پر رابطہ استوار کر چکا تھا جو ماضی کے دھندلکے میں نہ جانے کہاں کہاں کھو گئے تھے۔

اس بیچ اپنے موبائل میں کھوئے ہوئے جمیل کو جمیلہ نے دھمکی دیتے ہوئے کہا اب سبزی ترکاری لاوگے یا پھر سے دال چڑھادوں۔

جمیل سر اٹھائے بغیر بولا چڑھادو دال۔ میں نے کب اعتراض کیا ہے؟

آپ کے اعتراض کی مجھے پروا کب ہے؟ لیکن اب تو بچے بھی دال روٹی کھاتے کھاتے بور ہونے لگے ہیں۔

تو ان کو سمجھاو کہ لاک ڈاون ہے۔ گھر سے باہر نکلنے کی اجازت نہیں ہے۔

وہ نہیں مانتے۔ کہتے ہیں سبزی ترکاری بک رہی ہے۔ دوستوں اور سہیلیوں کے یہاں سب بنتا ہے تو ہمارے یہاں کیوں نہیں بن سکتا؟

جمال کسمساتے ہوئے اٹھ کر دروازے کی جانب بڑھا تو افسری بیگم نے پوچھا بیٹے

لاک ڈاون میں ایسے منہ اٹھائے کہاں چل دیئے ؟

بازار جا رہا ہوں امی۔ کچھ سبزی ترکاری لے آوں۔ بچے روز روز دال چاول کھاتے کھاتے بیزار ہو گئے ہیں۔

وہ تو ٹھیک ہے لیکن کم از کم ماسک تو لگا لو۔ میں نے سنا ہے بغیر ماسک کے جانے پر جرمانہ لگتا ہے۔

کمال صاحب بولے جرمانہ کے ساتھ ڈنڈے بھی پڑتے ہیں۔ میں تو کہتا ہوں حفظ ماتقدم کو طور پر دستانے بھی پہن لو۔

جمال کے باہر نکلنے کے بعد بلو نے اپنے دادا سے پوچھا ہمارے ابو کو ڈنڈے سے کون مار سکتا ہے ؟

کمال صاحب بولے پولس والے اور کون ؟

ببلی نے پوچھا کیا پولس بھی ہماری ٹیچر کی طرح بلا وجہ مار پیٹ کرتی ہے۔

افسر بیگم نے موقع غنیمت جانتے ہوئے کہا بیٹی یہ سوال تم اپنی امی سے کرو۔

باورچی خانے سے جمیلہ کی آواز آئی۔ دادی پوتی میں کیا کھچڑی پک رہی ہے ؟

بلو بولا امی یہ کھچڑی نہیں بریانی ہے۔ دم بریانی اور سب ہنسنے لگے۔

جمال نے اپنی بلڈنگ سے نکل کر بازار کی جانب چلتے ہوئے بس اسٹاپ پر دیکھا تو وہاں بنچ پر ایک آدمی سویا ہوا تھا۔ پاس میں جمال کی طرح کورونا سے بے خوف ایک مور ناچ رہا تھا۔ جمال کبھی خواب میں بھی سوچ نہیں سکتا تھا اس چہل پہل کے وقت کوئی مور بھی اس طرف آ سکتا ہے۔ اسے اپنی آنکھوں پر یقین نہیں ہو رہا تھا۔ عام طور پر دن بھر اس بس اسٹاپ پر بھیڑ لگی ہوتی۔ بسوں کا تانتہ لگا رہتا تھا۔ ایک نکلتی تو دوسری آتی دکھائی دیتی لیکن اب سب کچھ بدل گیا تھا۔ بس اسٹاپ کے قریب پہنچ کر جمال نے لیٹے ہوئے

نوجوان کو دیکھا تو اس کا پیٹ پیٹھ سے لگا ہوا تھا۔ اس کو فوراً وزیر اعظم کی نصیحت یاد آگئی۔ ہر انسان دوسرے کا درد محسوس کرے اور اسے کھانے کو دے لیکن اس کا جھولا اس وقت خالی تھا۔ اس کی جیب نوٹ تو تھے لیکن اس سے پیٹ نہیں بھرتا تھا۔

بازار میں جمال نے سبزیوں تین چار گنا بھاو سنے تو اسے وزیر اعلیٰ کی تقریر یاد آگئی۔ انہوں نے کہا تھا کہ کسی کو منافع خوری کی اجازت نہیں دی جائے گی۔ اس نے سبزی والے سے کہا خدا سے ڈرو، کم از کم اس مشکل وقت میں تو لوٹ مار نہ کرو؟

سبزی فروش بولا صاحب ہم کیا کریں۔ جو بھاو مال ملتا اسی میں دو پیسہ بڑھا کر بیچتے ہیں۔ آخر ہمارے بھی تو بال بچے ہیں؟

ارے لیکن یہ بھی کوئی بھاو ہے؟ میں پولس کو شکایت کروں گا۔

ہم تو کورونا سے نہیں ڈرتے۔ اپنی جان جوکھم میں ڈال کر آپ لوگوں کو سیوا کر رہے ہیں اوپر سے آپ دھمکا رہے ہیں۔ لینا ہے لیجیے ورنہ اپنا راستہ ناپیے۔

جمال کو ایسے جواب کی توقع نہیں تھی۔ اس نے سوچا کہیں جمیلہ نے اس کے ذریعہ انتقام تو نہیں لے لیا لیکن کہاں جمیلہ اور کہاں یہ سبزی والا؟ سبزی ترکاری لے کر لوٹتے ہوئے جمال کو پھل والا دکھائی دیا۔ وہ پھلوں کے لیے ہفتہ بھر سے ترس گیا تھا۔ اس نے سیب، انگور، کیلے اور نہ جانے کیا کیا خرید لیے یہاں تک کہ پھلوں کا تھیلا سبزی سے زیادہ بھاری ہو گیا۔ اس ناپسندیدہ مہم سے فارغ ہو کر گھر لوٹتے ہوئے جمال جب بس اسٹاپ پر پہنچا تو اسے بنچ پر وہی لڑکا سویا ہوا نظر آیا۔ نیچے ایک کتا بیٹھا رال ٹپکا رہا تھا۔ بے حس و حرکت پڑی ہوئی لاش کو دیکھ جمال کو گمان گزرا کہیں یہ شخص مر مرا تو نہیں گیا۔ اس نے قریب آکر غور سے دیکھا تو سانس چل رہی تھی لیکن پیٹ وہی پیٹھ سے چپکا ہوا تھا۔ جمال نے سوچا اگر یہ کورونا سے نہیں تو بھوک سے مر جائے گا۔ اس نے اپنے بڑے تھیلے سے

سیب کی چھوٹی تھیلی نکالی اور اس نوجوان کو جگایا۔

نوجوان نے آنکھ کھولتے ہی پوچھا کون ہو تم؟ میرے پاس کیوں آئے ہو؟ مجھ سے کیا چاہیے؟

مجھے کچھ نہیں چاہیے۔ میں تمہیں یہ پھل دے رہا ہوں۔ تم اسے کھالو۔

پھل ۔۔۔؟ پھل مجھے کیوں دینا چاہتے ہو؟؟ ۔۔۔تم ہو کون پہلے یہ تو بتاو؟؟ ؟۔۔۔۔۔۔کون ہو تم؟؟؟؟

تم کو اس سے کیا غرض کہ میں کون ہوں؟ میں تمہیں پھل دے رہا ہوں۔ اسے کھاو اور مجھے دعا دو بس۔ میں کچھ اور نہیں چاہتا۔

دعا۔۔۔۔۔۔دعا۔۔۔۔۔۔ سمجھ گیا۔۔۔۔۔۔سب سمجھ گیا۔۔۔۔۔۔کیا نام ہے تمہارا؟۔۔۔۔۔پہلے اپنا نام بتاو؟

جمال کی سمجھ میں اس کی بوکھلاہٹ نہیں آرہی تھی پھر بھی وہ بولا۔ جمال۔۔۔ محمد جمال ہے۔۔۔۔۔نام میرا۔

یہ الفاظ اس پر نوجوان پر بجلی بن کر گرے اور اس نے جمال پر گھونسوں اور مکوں کی برسات کر دی۔ اپنے آپ کو ایک ناگہانی حملے سے بچانے سے قبل جمال بے ہوش ہو چکا تھا۔ کتا زور زور سے بھونکنے لگا تھا۔ یہ سن آس پاس کی بلڈنگ کے چوکیدار دوڑ پڑے اور اس نوجوان کو دھر دبوچا۔ وہ اپنے آپ کو چھڑانے کی کوشش کرنے لگا لیکن بے بس کر دیا گیا۔ ان میں ایک واچ میں نے جمال کو پہچان لیا۔ اتفاق سے وہاں پولس کی گشتی گاڑی پہنچ گئی۔ چوکیداروں نے اس نوجوان کو پولس کے حوالے کر دیا۔ پولس نے چوراہے پر کھڑے تنہا رکشا کو بس اسٹاپ پر بھجوادیا۔ جمال کا چہرا سوج گیا تھا اور گرنے کے سبب سر پر لگی چوٹ سے خون بہہ رہا تھا۔ اس رکشا میں ڈال کر قریب ہی جمال کی

بلڈنگ تک پہنچایا گیا۔ اس بیچ جمال کو ہوش بھی آگیا اور اپنے چوکیدار کی مدد سے پہنچ گیا۔

جمال کی حالتِ زار دیکھ کر اس کی امی کمال صاحب پر بھڑک گئی۔ دیکھا آپ کی بدشگونی کا اثر میرے بیٹے پر کیا ہوا۔

ببلو نے کمال صاحب سے پوچھا دادا جی پولس والوں نے ہمارے ابو کے ساتھ یہ کیوں کیا؟

ببلی نے امی سے سوال کیا یہ پولس والے ایسے ظالم کیوں ہوتے ہیں؟

باورچی خانے میں افسری بیگم ہلدی کا لیپ بناتے ہوئے کینہ توز نظروں سے کمال صاحب کو دیکھ رہی تھیں اور وہ احساس جرم کے بوجھ تلے ایک طرف بت بنے کھڑے ہوئے تھے۔ ان کی سمجھ میں نہیں آرہا تھا کیا بولیں۔ وہ ایسا محسوس کرنے لگے تھے گویا سارا قصور انہیں کا ہے۔

جمیلہ نے جلدی چہرہ صاف کیا۔ سر پر لگے زخم پر پٹی باندھتے ہوئے بولی اس کورونا کے زمانے میں تو دماغ ٹھنڈا رکھا کرو۔ کس لڑائی کرلی؟

جمیل بولا میں نے کسی سے لڑائی نہیں کی۔ میں تو اسے سیب دینے گیا تھا مگر وہ مجھ پر ٹوٹ پڑا۔

کون تھا وہ؟ کس پر رحم آگیا تھا آپ کو؟؟ جمیلہ نے پھر سوال کیا

میں نہیں جانتا وہ کون تھا؟

نہیں جانتے؟ نہیں جانتے تھے تو اس کو سیب دینے کی ضرورت کیا تھی؟

کیسی باتیں کرتی ہو بیگم؟ کسی بھوکے کو کچھ دینے کے لیے اس کو جاننا ضروری ہوتا ہے کیا؟

جمیلہ بے یقینی سے بولی لیکن کسی کی مدد کرو تو اس کے جواب میں وہ مکے تھوڑی نا

برساتا ہے؟ یہ بات میری سمجھ میں نہیں آتی۔ آپ کچھ چھپا رہے ہیں؟

میں کیوں چھپاوں بیگم۔ جاو یہاں سے اور میرا پیچھا چھوڑو۔ میرا سر درد سے پھٹا جا رہا ہے۔

افسری بیگم ہلدی کا لیپ لے آئیں اور بولیں بیٹے سیدھے لیٹ جا۔ میں یہ لگاتی ہوں ابھی آرام ہو جائے گا۔ بہو بیگم تم دودھ میں تھوڑا ہلدی ڈال کر ابال لاو۔ اس سے یہ سوجن اتر جائے گی۔ جمیلہ باورچی خانے کے اندر گئی اور جمال لیپ کے لگتے ہی سو گیا۔ اس بیچ ببلو نے پڑوس میں جا کر اپنے دوست جگو کو سارا ماجرا سنا دیا جسے اس کے والد آنند شریواستو نے بھی سن لیا۔

وہ فوراً دوڑ کر کمال صاحب کے پاس آئے اور پرنام کر کے پوچھا انکل یہ جمال بھائی کو کیا ہو گیا؟ کس درندے نے ان کا یہ حال کر دیا۔

کمال صاحب بولے وہ کہہ رہا تھا کہ کسی نے بس اسٹاپ پر حملہ کر دیا۔

اچھا لیکن اس نے ایسا مہاپاپ کیوں کیا؟

جمال نے بتایا کہ وہ تو غریب سمجھ کر مدد کرنے کے لیے گیا تھا مگر اس نامراد ناہنجار نے گھونسوں کی بارش کر دی۔

ارے! کمال ہے۔ لگتا ہے چوری چکاری کا چکر ہو گا۔ آج کل لاک ڈاون کی وجہ لوگ بیروزگار ہو گئے ہیں، لوٹ مار بڑھ گئی۔ کون جانے آگے کیا ہو گا؟

کمال صاحب بولے لیکن جمال نے تو کہا کہ اس نے روپیہ یا سامان چرانے کی کوشش نہیں کی۔

شاید اسے موقع نہیں ملا ہو گا۔ خیر کیا وہ حملہ آور بدمعاش فرار ہو گیا؟

جی نہیں اس کو پکڑ پولس کے حوالے کر دیا گیا ہے۔

یہ بہت اچھا ہوا۔ مقامی تھانیدار میرا دوست ہے۔ میں اس سے ساری حقیقت جان لگالوں گا اور ایسی سزا دلواوں گا کہ وہ سات جنم تک یاد رکھے گا۔

جمال نیند سے اٹھا تو بغل والی بلڈنگ سے ڈاکٹر اشوک شاہ نے آکر مرہم پٹی کر دی اور کچھ گولیاں دے گئے۔ دوست و احباب کے فون کا تانتہ لگ گیا۔ ہر کوئی یہی سوال کرتا کہ کیا ہوا اور کیوں ہوا؟ جمال سب کو دوسرے سوال کا جواب دیتا مجھے نہیں پتہ۔ اس طرح ایک تحیر پیر پسار رہا تھا۔ کوئی جمال پر یقین کرنے کے لیے تیار نہیں تھا لیکن جمال کے پاس ان کو مطمئن کرنے کے لیے کوئی معقول جواب نہیں تھا۔ ان میں سب سے زیادہ بے چینی وکیل شریواستو کو تھی۔ اس کی پیشہ ورانہ زندگی میں یہ پہلا واقعہ تھا جس میں بلا وجہ کوئی حملہ ہو گیا تھا۔

گھر آکر شریواستو نے پولس تھانے میں فون لگایا اور اردلی سے اپنا تعارف کرا کر کہا کہ انسپکٹر وشواس راو کو فون دے۔

وشواس راو آواز پہچان کر بولے فرمایئے آنند صاحب لاک ڈاون کے زمانے میں کیسے یاد کیا؟

شریواستو بولے میں نے ایک چور کے بارے میں معلوم کرنے کے لیے آپ کو فون کیا ہے جو فرار ہونے کی کوشش کر رہا تھا؟

چور! کون سا چور؟ شریواستو جی یقین مانیں جب سے کورونا آیا ہے اپنے علاقہ میں چوری کا ایک بھی معاملہ درج نہیں ہوا۔

اچھا، کل تو میں نے ایک ویڈیو دیکھی کہ ماسک لگا کر اور دستانے پہن کر چوری کی جا رہی ہے۔

ارے شریواستو صاحب وہ اپنی ممبئی کا نہیں بلکہ پونہ کا واقعہ ہے اور چور اپنا چہرہ

کورونا کی وجہ سے نہیں چھپاتے اور دستانے وباکے سبب نہیں پہنتے۔
اچھا یہ آپ کو کیسے پتہ؟
کامن سینس وکیل صاحب۔ آج کل جگہ جگہ کیمرے لگے ہوئے ہیں۔ آپ نے جو وہ ویڈیو دیکھی وہ بھی ایسے ہی ایک پوشیدہ کیمرے کا کمال تھا۔
لیکن کیمرے کا ماسک سے کیا لینا دینا؟
ارے بھائی کوئی چور پکڑا جانا نہیں چاہتا اس لیے اپنا چہرہ چھپاتا ہے اور اپنی انگلیوں کا نشان چھپانے کے لیے دستانے پہنتا ہے۔
یار تب تو چوری کا ڈر کورونا سے زیادہ ہے کیونکہ ایک مستقل اور دوسرا عارضی ہے۔
جی ہاں لیکن آپ کس چور کی بات کر رہے تھے۔
وہی جس کو ابھی دو گھنٹے قبل ٹیگور روڈ چوراہے سے گرفتار کرکے چوکی میں بھیجا گیا۔
اوہو! سمجھ گیا۔۔۔ شریواستو جی وہ چوری کا نہیں بلکہ کوئی معاملہ ہے۔
اور معاملہ! میں نہیں سمجھا۔ مجھے تو چوری کی واردات نظر آتی ہے لیکن جمال بھی یہی کہہ رہا ہے اور آپ بھی اس کی تائید کر رہے ہیں۔
جمال کی بات درست ہے لیکن اس کا کیا خیال ہے؟ اس پر کیوں حملہ کیا گیا؟؟
وشواس راو صاحب وشواس کریں وہ کہتا ہے کہ اسے وجہ تو نہیں معلوم لیکن یہ چوری کا معاملہ نہیں ہے۔
دیکھیے شریواستو صاحب یہ ذرا نازک بات ہے۔ میں نے کمشنر صاحب سے بات کی ہے۔ انہوں نے بھی اس پر خاموشی اختیار کرنے کی تلقین کی ہے۔
وہ کیوں؟ ایک آدمی پر جان لیوا حملہ ہو گیا۔ وہ تو خیر جمال اچھا صحتمند آدمی تھا۔ میرے جیسا دبلا پتلا ہوتا تو بھگوان کو پیارا ہو جاتا۔

جی ہاں لیکن اگر یہ بات میڈیا میں پھیل جائے تو بدنامی ہوگی اس لیے اسے رفع دفع کرنے کی کوشش کی جارہی ہے۔

تو کیا آپ نے اس بدمعاش کو چھوڑ دیا ہے؟

جی نہیں، جب تک جمال اجازت نہ دے ہم اس کو نہیں چھوڑیں گے۔

ٹھیک ہے اور میں بھی اس کو نہیں چھوڑوں گا۔ جمال میرا بہت اچھا ہم سایہ ہے۔ میں اس پر ہاتھ اٹھانے والے کو سزا دلا کر رہوں گا۔

آپ کی بات سر آنکھوں پر، مگر یہ تو بتایئے کہ اب جمال کا کیا حال ہے؟

اس کی طبیعت سنبھل رہی ہے۔ ڈاکٹر شاہ کا کہنا ہے کہ فکر کی کوئی بات نہیں ہفتہ دس دن میں پتہ بھی نہیں چلے گا کیا ہوا تھا۔

ٹھیک ہے تو جب اس کا من کرے آپ مجھے فون کر کے آجائیں۔ ہم لوگ پولس تھانے میں بات کریں گے۔

اچھا لیکن تب تک ہم کیا کریں؟

آپ لاک ڈاون میں بند رہیں وہ لاک اپ میں بند رہے گا۔ اسی کے ساتھ فون بند ہوگیا۔ اس گتھی نے شریواستو کی بے چینی بڑھا دی تھی۔ وہ جمال اور اس کے گھر والوں سے زیادہ پریشان تھا اور چاہتا تھا کہ جلد از جلد پولس تھانے میں وشواس راو اور اس بدمعاش سے مل کر اس معمہ کو سلجھائے۔ تین دن بعد جمال قدرے ٹھیک ہوگیا اور شریواستو نے اس کو اپنے ساتھ چلنے کے لیے تیار کرلیا۔ وہ لوگ پولس تھانے پہنچے تو وشواس راو کو منتظر پایا۔ اپنے کمرے میں لے جا کر وہ جمال سے بولا آپ کے ساتھ جو کچھ ہوا اس کا مجھے بہت افسوس ہے۔

شریواستو بیچ میں بول پڑا۔ صاحب مجھے اس کی وجہ جاننا اور وہ ایف آئی آر دیکھنی

ہے۔ میں جاننا چاہتا ہوں اس پر کون سی دفعات اس پر لگائی گئی ہیں۔

وشواس راو بولے شریواستو جی دھیرج رکھیے۔ ایسی بھی کیا جلدی ہے؟

جمال بولا صاحب مجھے تو صرف وجہ جاننے میں دلچسپی ہے۔ میں تو اس کی مدد کرنے کے لیے گیا تھا۔

جی ہاں، یہی میں آپ سے جاننا چاہتا ہوں کہ اس دن کیا ہوا؟

کچھ نہیں۔ میں نے اس کا پچکا ہوا پیٹ دیکھا تو سوچا کہ بھوکا ہوگا۔ اس لیے اس کو سیب دینے کی پیشکش کی۔

اچھا تو پھر اس کے بعد کیا ہوا؟

اس نے میرا نام پوچھا اور مجھ پر پل پڑا۔ میں اس غیر متوقع حملے کے لیے تیار نہیں تھا اس لیے بے ہوش ہو گیا۔

جی ہاں اس نے بھی یہی کہا ہے۔

شریواستو بولے لیکن یہ کیا پاگل پن ہے کہ کوئی مدد کرنے کے لیے آئے تو اس پر ہلہ بول دیا جائے۔ یہ سوال میں نے اس سے پوچھا تو اس کا جواب تھا کہ سیب کے اندر کورونا کا وائرس تھا۔ یہ سن کر دونوں ہکابکا رہ گئے۔ کورونا کا وائرس؟ یہ اس کو کیسے پتہ چل گیا۔ جمال نے پوچھا

کیا بتائیں صاحب یہی سوشیل میڈیا کا زہر۔ اس نے کئی پیغامات اور ویڈیوز دیکھ رکھے تھے جن میں بتایا گیا کہ مسلمان کورونا پھیلا رہے ہیں۔ اس کا کہنا ہے کہ وہ نیند کے اندر خواب میں بھی وہی دیکھ رہا تھا کہ کسی اجنبی نے اس کو جگا کر سیب دے دیئے۔ نام سن کر اس کا شک یقین میں بدل گیا۔

جمال کے لیے یہ انکشاف حیرت انگیز تھا لیکن شریواستو خود ایسے پیغامات دیکھ چکے

تھے وہ بولے میں سوچ بھی نہیں سکتا تھا کہ یہ زہر اتنا زود اثر ہو گا؟

اب اس کا کیا حال ہے؟ جمال نے سوال کیا۔

وہ اب اپنی حرکت پر نادم ہے۔ شریواستو بولے ندامت سے کیا ہوتا ہے؟ اس کو اپنے کیے کی قرار واقعی سزا بھگتنی پڑے گی۔ وشواس راو بولے ہم بھی اس کو سزا دینا چاہتے ہیں لیکن یہ گزارش ہے کہ اسے ماب لنچنگ کے بجائے صرف مار پیٹ کا معاملہ بنایا جائے تاکہ سرکار کی بدنامی نہ ہو اور فرقہ پرست عناصر اس کا بیجا فائدہ نہ اٹھا سکیں۔

جمال بولا مجھے تو وہ قابلِ رحم لگتا ہے۔ اس بیچارے کا برین واش کیا گیا ہے۔ کیا وہ واقعی نادم ہے۔

وشواس راو نے کہا یہ میرا قیاس ہے۔ آپ خود اس سے مل کر اس کا فیصلہ کریں۔ آپ چاہیں تو میں اس کو بلوا بھیجوں۔

جمال بولا جی ہاں اس کو بلوائیے۔ تھوڑی دیر بعد اردلی نے آکر کہا نہال سنگھ نہیں آنا چاہتا۔ اس کا کہنا ہے مجھے سولی چڑھا دو تب بھی میں نہیں آوں گا۔

وشواس راو نے اٹھتے ہوئے کہا میں اس سے بات کرتا ہوں اور نہال سنگھ کے کوٹھری میں جا کر بولے باہر آکر مل لے۔ وہ بھلا مانس ہے ہاتھ پیر جوڑ تو معاف بھی کر سکتا ہے ورنہ تیری خیر نہیں ہے۔ پانچ چھے سال تک تو نہ فیصلہ ہو گا اور نہ ضمانت ہو گی۔ پھر دو چار سال کی جیل ہو جائے گی۔

نہال بولا جو بھی ہو صاحب میں اس کے سامنے نہیں جا سکتا۔ کوٹھری کے باہر شریواستو اور جمال یہ گفتگو سن رہے تھے۔

وشواس راو نے کہا پاگل نہ بن۔ کیوں اپنی جوانی خراب کرتا ہے۔ چل میرے ساتھ۔ وہ رحمدل انسان لگتا ہے۔

وہ تو ہے لیکن میں ۔۔۔۔۔ میں ۔۔۔۔۔ کیا میں انسان ہوں۔ میں انسان نہیں حیوان ہوں۔

یہ سن کر جمال کی پلکیں نم ہو گئیں۔ وہ واپس آ کر وشواس راو کے کمرے میں بیٹھ گیا کچھ دیر بعد نہال سنگھ بھی سر جھکا کر وہاں پہنچ گیا۔ جمال نے اس کو دیکھ کر کہا دیکھو نہال غلطی حیوان نہیں کرتا۔ غلطی انسان سے یا شیطان سے سرزد ہوتی ہے۔

جی ہاں۔ شریواستو بولے اس شیطان نے بہت مہا پاپ کیا ہے۔ اس کو سزا ضرور ملے گی۔ جمال نے کہا نہیں۔ شیطان اپنی غلطی پر اڑ جاتا ہے اور انسان نادم ہوتا ہے۔ یہ شیطان نہیں انسان ہے۔

یہ جملہ سن کر نہال آگے بڑھا اور جمال کے قدموں پر گر گیا۔ اس نے کہا صاحب آپ انسان نہیں بھگوان ہیں۔

جمال نے اس کا کندھا پکڑ اٹھایا اور کہا نہیں نہال میں بھی تمہاری طرح ایک انسان ہوں۔ انسان کی غلطی انسان معاف کر دیتا ہے لیکن دیکھو آئندہ اس راکشس سے بچ کر رہنا جس نے تمہیں شیطان بنانے کی کوشش کی۔ یہ کہہ کر جمال لاک اپ سے نکل کر لاک ڈاون کی جانب چل پڑے۔

Ref.: urduchannel.in

٭٭٭

# کوّوں سے ڈھکا آسمان

## انور خان

آسمان ان گنت سیاہ بھجنگ کوّوں سے ڈھکا تھا۔ وہ لوگ آگ کے گرد بیٹھے تھے۔ ان کے اطراف میں بے شمار عمارتیں تھیں جن کی کھڑکیاں اور دروازے بند تھے۔
"بڑی سردی ہے،" ایک نے کہا۔
"اور ہوا بھی ایسی تیز،" دوسرے نے کہا۔
"جیسے رامپوری چاقو ہڈیوں میں اتر رہا ہو،" تیسرے نے بات پوری کی۔
"سنتے ہیں دن بھی نکلنے کا نہیں،" چوتھے آدمی نے کہا۔
"یہ تم سے کس نے کہا؟" پہلا آدمی پریشان ہو کر بولا۔
"شہر میں ایسی افواہیں ہیں،" وہ آدمی بولا۔
"بھلا ایسا ہو سکتا ہے؟" دوسرے آدمی نے کہا۔
"ایسا نہیں ہو سکتا،" تیسرے آدمی نے کہا۔
"آگ دھیمی ہو رہی ہے،" چوتھا آدمی بولا۔
"ہمارے پاس ابھی اور لکڑیاں ہیں۔"
"اس شہر کی سڑکیں اس قدر صاف ہیں۔ کہیں کاغذ، لکڑی یا کوئی ایسی چیز نہیں ملتی جسے جلا کر آدمی خود کو گرم رکھ سکے۔"

"آگ رات بھر جل سکے گی؟"
"کیا پتا۔"
"اور ہمیں تو یہ بھی نہیں پتا کہ رات کتنی لمبی ہے۔"
"رات تو کاٹنی ہی ہو گی۔"
"چاہے رات کتنی ہی لمبی ہو۔"

وہ چپ ہو گئے اور دیر تک چپ رہے۔ آسمان ان گنت کووں سے ڈھکا تھا۔ تیز سرد ہوا رامپوری چاقو کی طرح ہڈی میں اترتی تھی۔ اطراف میں بلند عمارتیں تھیں جن کی کھڑکیاں اور دروازے بند تھے۔

قدموں کی چاپ سن کر انھوں نے سر اٹھایا۔ ایک دبلا پتلا، کھچڑی سے بالوں والا آدمی ان کی طرف آ رہا تھا۔ وہ آدمی آگ کے قریب آ کر بیٹھ گیا۔

"کون ہو تم؟ کیا کرتے ہو؟"
"پردیسی ہوں۔ کہانیاں جمع کرتا ہوں،" اس نے نرم لہجے میں جواب دیا۔
"کہانی؟" ان کی آنکھیں چمک اٹھیں۔
"پردیسی کوئی کہانی سناؤ کہ رات کٹے۔"
"میرے پاس کوئی کہانی نہیں،" اس نے کہا۔
"یہ کیسے ہو سکتا ہے؟"
"میں شہر کے تقریباً ہر آدمی سے مل چکا ہوں۔"
"کسی کے پاس کوئی کہانی نہیں؟" پہلے آدمی نے پوچھا۔
اس نے نفی میں سر ہلایا۔
"مجھے تو یقین نہیں آتا،" پہلے آدمی نے کہا۔

"مجھے بھی یقین نہیں آتا،" دوسرے آدمی نے کہا۔

"لیکن یہ سچ ہے!" تیسرے آدمی نے کہا۔

"یہ سچ ہے؟" چوتھے آدمی نے کہا۔

"ہاں یہ سچ ہے،" کہانی جمع کرنے والے نے کہا۔

"مجھے یقین نہیں آتا،" پہلے آدمی نے کہا۔

"مجھے بھی یقین نہیں آتا،" دوسرے آدمی نے کہا۔

"کسی مکان میں روشنی نظر نہیں آتی،" چوتھے آدمی نے کہا۔

"ہاں ایک بھی کمرے میں روشنی نہیں ہے،" دوسرے نے غور سے اپنے اطراف دیکھتے ہوے کہا۔

"شہر کی بجلی فیل ہو گئی ہے،" کہانی جمع کرنے والا بولا۔

"بجلی فیل ہو گئی ہے؟" پہلا آدمی آگ میں گرتے گرتے بچا۔

"بجلی فیل ہو گئی؟" دوسرا آدمی ہڑبڑایا۔

"کیا یہ سچ ہے کہ اب صبح نہیں ہو گی؟"

"ہاں، میں نے ایسا ہی سنا ہے،" اس نے کہا۔

"آگ دھیمی ہو رہی ہے،" پہلا آدمی بولا۔

"اور لکڑیاں جمع کرنی چاہییں۔"

دوسرا آدمی اٹھ کر اطراف میں ایسی چیز تلاش کرنے لگا جس کو جلایا جا سکے۔ کچھ دیر بعد وہ مایوس ہو کر لوٹ آیا اور آگ کے پاس بیٹھ گیا۔

"سالی اس شہر کی مو، نسپلٹی اس قدر واہیات ہے، سڑک پر ایک تنکا بھی نہیں ہے۔"

"آگ دھیمی ہو رہی ہے،" کہانی جمع کرنے والا بولا۔

کافی دیر وہ خاموش بیٹھے رہے۔ جب آگ بہت ہی دھیمی ہو گئی تو پہلے آدمی نے کپڑے اتار کر آگ میں جھونک دیے۔ سب نے آگ میں اپنے کپڑے جھونک دیے۔ کہانی جمع کرنے والے نے بھی۔

"پتا نہیں کتنی رات باقی ہے!" تیسرے آدمی نے کہا۔

"کیسے کٹے گی یہ رات؟" چوتھا آدمی بولا۔

"کیوں نہ ہم کہانی بنائیں۔"

"ہا!" سب کے منہ سے نکلا۔ "کتنی مزیدار بات۔"

"تو پہلے تم ہی شروع کرو،" پہلا آدمی بولا۔

"گلابی صبح،" کہانی جمع کرنے والا کچھ سوچ کر بولا۔

"ہنستا بچہ،" پہلے آدمی نے کہا۔

"شرماتی لڑکی،" دوسرے آدمی نے کہا۔

"پھونس کا مکان،" تیسرے آدمی نے کہا۔

"مٹھی بھر چاول،" چوتھے آدمی نے کہا۔

"مچھلی کا شوربہ،" پہلے آدمی نے کہا۔

"کافی کا پیالہ،" دوسرا آدمی بولا۔

"روئی کی دُلائی،" تیسرا آدمی بولا۔

سب ہنس پڑے۔

آسمان ان گنت سیاہ بھجنگ کووں سے ڈھکا تھا اور تیز سرد ہوا رامپوری چاقو کی طرح ہڈیوں میں اترتی تھی۔ اطراف کی بلند عمارتوں کی کھڑکیاں اور دروازے بند تھے۔ اور وہ

دوہرا رہے تھے: گلابی صبح، ہنستا بچہ، شرماتی لڑکی، پھونس کا مکان، مٹھی بھر چاول، مچھلی کا شوربہ، کافی کا پیالہ، روئی کی دلائی۔

آسمان دھواں دھواں ہوا اور فضا کوؤں کی کائیں کائیں سے پٹ گئی۔ ملوں کے بھونپو بجے۔ پھر ایک موٹا سا آدمی بنیان اور نیکر پہنے گیلری میں آکر دانت مانجھتا کھڑا ہوا۔ ایک عورت اپنے بال سمیٹتی آئی اور ایک ادھوری انگڑائی لے کر لوٹ گئی۔ نوکر چاکر دودھ کی بوتلیں، ڈبل روٹی، مکھن، سبز ترکاریاں خریدنے نکلے۔ پھر ایک بس سڑک پر سے گزری جس میں چند آدمی بیٹھے تھے۔ کئی مکانوں سے ٹرانزسٹر کی آوازیں آئیں۔ فلمی گیت اور اشتہارات نشر ہونے لگے۔ اس کے بعد کارپوریشن کی گاڑی آئی اور سڑک کے موڑ پر رک گئی۔ وہاں چند لوگ برہنہ اکڑے پڑے تھے۔ کچھ لوگ گاڑی میں سے اترے، آدمیوں کو اٹھا کر گاڑی میں ڈالا، اور گاڑی پھر چل پڑی۔

Ref.: urduchannel.in

***

# فرشتے کا شہپر

## انجیلا نانیتی

### انگریزی سے ترجمہ : ڈاکٹر ذاکر خان

کہانی 'فرشتے کا شہپر' اطالوی زبان سے لی گئی ہے۔ اس کی مصنفہ انجیلا نانیتی نے بچوں اور بالغوں کے لیے تقریباً بیس کتابیں لکھی ہیں۔ ان کتابوں کے مختلف زبانوں میں تراجم ہو چکے ہیں۔ انھیں اکو "دی ہنس کریسچین اینڈرسن میڈل" (نوجوانوں کے لیے تحریر کردہ کتابوں پر دیا جانے والا بین الاقوامی میڈل) سے بھی سرفراز کیا گیا۔ انجیلا فی الحال پیس کارہ (اٹلی) میں سکونت پذیر ہیں۔

ایک دفعہ کا ذکر ہے کہ ایک فرشتے نے اپنا پر کھو دیا۔ حالانکہ ایسا بمشکل دو یا تین سو سالوں میں ایک مرتبہ ہوتا ہے لیکن اب یہ حادثہ رونما ہو چکا تھا۔ وہ فرشتہ ایک ویران جھیل کے اوپر پرواز کر رہا تھا۔ نیلے آسمان سے اسے حد نگاہ تک چراگاہیں ہی چراگاہیں نظر آرہی تھیں۔ اس پر اِس مسحور کن خوبصورتی کا خمار چھانے لگا اور اس کے دل میں پانی کو چھونے کی خواہش بیدار ہوئی۔ وہ پانی پر اترتا چلا گیا۔ اسی لمحے اس کے پر ٹوٹ گئے۔ اس کے وہاں سے گزرتے ہی پانی پر لرزہ طاری ہو گیا۔ فرشتے نے اس حال میں آسمان کی طرف پرواز کی کہ اس کا ایک پر جھیل کے پانی پر ہی رہ گیا۔ تب تک نہ کسی نے فرشتے کو

دیکھا تھا اور نہ ہی اس کے ٹوٹے ہوئے پروں کو۔ پانی پر صرف سفید چاندنی جیسی روشنی نظر آرہی تھی۔ پانی نے دھیرے دھیرے اُس فرشتے کے پر کو ساحل تک پہنچادیا۔

وقت گزرتا گیا جس جگہ فرشتے کا پر پڑا ہوا تھا اب وہاں پھول اگ آئے تھے۔ صاف و شفاف خوبصورت پنکھڑیوں اور نازک تنوں کے ساتھ کھلنے والے پھول ساحلوں پر چھاگئے تھے۔ اس سے پہلے ایسے پھول یہاں کبھی نہیں دیکھے گئے تھے۔ اِس ویران جھیل پر سوائے اُس فرشتے کہ اور کوئی نہیں آتا تھا۔

ایک دن ایک عورت کے ساتھ ایک مرد کی وہاں آمد ہوئی۔ عورت انتہائی خوبرو اور جاذب نظر تھی اور مرد بھی اُس سے بہت محبت کرتا تھا۔ شاید وہ کہیں دور کا سفر طے کرکے آئے تھے۔ تھکن کا احساس اُن کے چہروں سے نمایاں تھا۔ وہ جھیل کے ساحل پر رُکے اور وہاں کھلے ہوئے پھولوں کو دیکھنے لگے۔ یہ لوگ بہت غریب تھے لہٰذا مرد نے سوچا کہ یہ پھول اس عورت کے لیے بہترین تحفہ ہوں گے۔ ابھی وہ پھول توڑنے ہی والا تھا کہ عورت نے اسے منع کردیا۔ اس نے کہا کہ ان پھولوں کو توڑا نہ جائے۔ کیونکہ یہ پھول بہت خوبصورت ہیں اور ان کی طرف دیکھ لیناہی کافی ہے۔

اس آدمی نے عورت سے کہا" آئو اسی جگہ پر رک جاتے ہیں اور اپنا ایک مکان تعمیر کرتے ہیں تاکہ ہم ان پھولوں کو ہمیشہ دیکھتے رہیں۔" عورت نے بھی اپنی رضامندی ظاہر کردی۔

وہ دونوں وہیں رک گئے اور جھیل کے پتھروں اور جنگلی لکڑیوں سے اپنا گھر تعمیر کیا۔ درختوں کی ہری بھری شاخوں سے کھڑکیوں کو سجایا۔ روٹی سینکنے کے لیے ایک چولھا بھی بنایا اور کپڑے سکھانے کے لیے رسیاں باندھ دیں اور کھیتی کے لیے زمین بھی ہموار کرلی۔ پھر اس شخص نے کہا" اب ہمیں کسی چیز کی ضرورت نہیں ہے۔" عورت نے دوبارہ

رضامندی میں اپنا سر ہلا دیا۔

لیکن جنگلوں کی مٹی لالچی تھی یہاں بیری اور جنگلی پھل تو اگتے رہے لیکن گیہوں کی فصل نے انہیں مایوس کیا۔ یہاں بُنے ہوئے کپڑے بھی نہیں تھے۔ برف باری کی وجہ سے یہاں ایسے پودے بھی نہیں پائے جاتے تھے جن سے کپڑے بنائے جا سکیں۔ اسی حال میں ان کے یہاں پہلے بچے کی پیدائش ہوئی۔ اس موقع پر آدمی اپنی بیوی کو ایک خوبصورت قیمتی پتھر تحفے میں دینا چاہتا تھا۔ وہ اپنی بیوی سے بے پناہ محبت کرتا تھا لیکن اس کے جیب میں چند سکوں کے علاوہ کچھ نہ تھا۔ مایوس ہو کر وہ جھیل کے ساحل پر چلنے لگا تاکہ کم از کم وہاں سے ایک پھول توڑ کر اپنی بیوی کو تحفے میں دے سکے۔ لیکن رات بھر تیز ہوائیں چلتی رہیں اور ان ہوائوں نے پھولوں کو تہس نہس کر کے ان کی پنکھڑیوں کو جھیل پر بکھیر دیا تھا۔

اس آدمی نے خود سے کہا" صبر "کرو، میں انہیں جمع کروں گا اور اس سے ایک ہار بنائوں گا۔

وہ اپنے گھر واپس آیا، اپنا جال اٹھایا اور جھیل پر پہنچ کر بکھری ہوئی پنکھڑیوں کو جمع کرنے لگا۔ جب اس نے بہت ساری پنکھڑیاں جمع کر لیں تب اسے نظر آیا کہ کوئی چیز اس کے جال میں چمک رہی ہے۔ اس نے اسے اٹھا کر سوچا شاید کوئی چھوٹی مچھلی ہے؟ لیکن اس نے دیکھا کہ وہ ویسی نہیں ہے جیسی مچھلیاں وہ عام طور پر پکڑا کرتا ہے۔ اسے محسوس ہوا کہ یہ کوئی قیمتی دھات یا خالص چاندی سے بنی ہوئی کوئی شئے ہے۔ کہیں کہیں سے یہ شئے سونے کی طرح بھی چمکتی نظر آرہی تھی۔

حیرت اور خوشی کے جذبات سے سرشار وہ اُس چیز کو عورت کے پاس لے آیا اور کہا "میں شہر جا کر اسے بیچ دوں گا اور تمہارے لیے، تمہاری آنکھوں کے رنگ کا ایک

خوبصورت پتھر خرید لائوں گا۔"

لیکن عورت نے انکار کر دیا اور کہا کہ " اس طرح کی مچھلیاں فروخت کرنے کے لیے نہیں ہوتیں۔ یہ اتنی خوبصورت ہے کہ اس کی طرف دیکھنا ہی کافی ہے۔"

اِس مرتبہ آدمی نے عورت کی باتوں پر دھیان نہیں دیا۔ وہ مچھلی بیچ کر خوبصورت پتھر خریدنے کے لیے شہر چلا گیا۔ کچھ دیر بعد وہ مطمئن ہو کر اس عورت کے پاس واپس آگیا۔ آتے ہی اس نے کہا "یہ میری طرف سے تمہارے لیے تحفہ ہے۔" لیکن اس عورت کے چہرے پر مسکراہٹ جیسی کوئی چیز نظر نہیں آئی۔

کچھ ہی عرصہ میں چاندی کی مچھلی کی خبر پورے شہر میں پھیل گئی۔ اس کے بعد لوگ بھیڑ کی شکل میں جھیل کی طرف نکل پڑے۔

ان لوگوں نے ہر قسم کا جال پھیلایا اور مختلف قسم کی مچھلیاں پکڑیں لیکن ان میں کوئی مچھلی اس چاندی کی مچھلی کی طرح نہیں تھی۔ اس کے بعد بھی انہوں نے اپنی کوشش نہیں چھوڑی اور اس وقت تک مچھلیاں پکڑتے رہے جب تک پانی آلودہ اور جھیل کی تمام مچھلیاں ختم نہیں ہو گئیں، جب تک پھولوں کے تنے ٹوٹ کر بہہ نہ گئے، جب تک پھولوں کا نام و نشان مٹ نہ گیا۔

اس عورت نے سوچا کہ اب یہاں دوبارہ کبھی پھول نہیں کھلیں گے اور وہ بہت اداس ہو گئی۔ اس نے اس پتھر کو اٹھایا جس کے سبب اتنی تباہی پھیلی تھی اور اسے جھیل میں پھینک دیا۔ آدمی نے اسے دیکھا لیکن کچھ بھی نہیں کہا۔ اس کے بعد وہ کبھی بھی خوش نہیں رہ سکے۔

گرمیوں کا موسم گزر گیا اور موسمِ سرما آگیا۔ یہ برفیلا اور طوفانی سرد موسم تھا۔ ایک رات ان کا بچہ روتے ہوئے بیدار ہوا، ماں نے اسے تسلّی دیتے ہوئے گیت گانا

شروع کیا۔اس کا گیت ہوا کے دوش پر تیرتا ہوا کھڑکیوں سے باہر نکلا۔تب برفیلے طوفان اور گھٹا ٹوپ اندھیرے میں ایک فرشتہ وہاں سے گزر رہا تھا۔فرشتہ راستہ بھٹک چکا تھا۔اس نے مترنم آواز میں اس عورت کو گاتے ہوئے سنا۔گیت کی نغمگی اس کے حواس پر چھاگئی اوراسے محسوس ہونے لگا کہ وہ اپنے گھر واپس آچکا ہے۔وہ آندھیوں کی پیروی کرتا ہوا جھیل کی سطح سے کافی نیچے پرواز کرنے لگا۔جب وہ کھڑکی کے سامنے پہنچا تب اسے احساس ہوا کہ اس سے غلطی ہوگئی ہے۔لیکن وہ گیت اتنا میٹھا اور مترنم تھا کہ فرشتہ وہاں رک کر اسے سننے لگا۔

بچے کے سونے تک وہ عورت گاتی ہی رہی اور فرشتہ کھڑکی کے پاس کھڑا رہ کر سنتا رہا۔کچھ دیر بعد اس نے اپنے پروں کو حرکت دی اور وہاں سے پرواز کر گیا۔شاید اسی وقت آندھی نے اس کے ایک پر کو توڑ دیا۔صبح کے وقت اُس کا پَر منجمد جھیل پر کسی چمکتی ہوئی چاندی کی طرح پڑا ہوا تھا۔

کسی نے بھی اس پر غور نہیں کیا۔سب یہی سمجھتے رہے کہ یہ چمکتی ہوئی شئے سورج کی شعاعوں کا عکس ہے۔لیکن بہار کے موسم میں جب برف پگھلنے لگی تب جھیل میں ایک صاف وشفاف نئے پودے کھلتے ہوئے نظر آئے۔

وہ عورت اور آدمی کبھی یہ جان نہیں پائے کہ کوئی فرشتہ بھی کبھی ادھر سے گزرا تھا۔لیکن اس کے بعد سے وہ دونوں دوبارہ خوش رہنے لگے۔

Ref.: urduchannel.in

***

# خزاں گزیدہ

## رشید امجد

قیدی کو اس حالت میں لایا گیا کہ گلے میں طوق اور پاؤں میں زنجیریں، زنجیروں کی چھبن سے پاؤں جگہ جگہ سے زخمی ہو گئے تھے اور ان سے خون رس رہا تھا۔ طوق کے دباؤ سے گردن کے گرد سرخ حلقہ بن گیا تھا جو کسی وقت بھی پھٹ سکتا تھا۔

قیدی طوق کے بوجھ اور پاؤں کی زنجیروں کی وجہ سے سیدھا کھڑا نہیں ہو سکتا تھا۔ نیم وا کمر جھکائے اُس نے میز کے پیچھے بیٹھے شخص کو خالی آنکھوں سے دیکھا، نہ کوئی سوال نہ کوئی تمنا۔

میز کے پیچھے سے آواز آئی۔ "معلوم ہے کہ تمہیں موت کی سزا ہو گئی ہے۔"

قیدی نے اثبات میں سر ہلانے کی کوشش کی لیکن طوق کی بندش سے درد کی ایک لہر پورے جسم میں دوڑ گئی۔

قیدی نے ہونٹوں پر زبان پھیری، ذرا تری ہوئی تو آواز نکلی۔۔۔ "ہاں"۔

کچھ دیر خاموشی رہی، پھر قیدی بولا۔۔ "لیکن میری جان میرے جسم میں نہیں۔"

میز کے پیچھے سے گھورتی آنکھوں نے سوال کیا۔۔۔ "تو کہاں ہے؟"

"اس طوطے میں جو یہاں سے ہزار میل دور ایک کچے صحن میں پیپل کے پیڑ کی شاخ سے لٹکے ہوئے پنجرے میں ہے۔"

حکم ہوا" پنجرے کو تلاش کیا جائے۔"

قیدی کو دوبارہ اس چھوٹی سی کوٹھری میں بند کر دیا گیا جس کی دیواریں اور چھت اسے دبا دبا کر ریزہ ریزہ کرنے کے منتظر تھیں۔ نیم روشنی والی اس کوٹھری میں اتنی جگہ بھی نہیں تھی کہ قیدی ٹانگیں پھیلا کر بیٹھ سکے۔ گردن سیدھی کرتا تو ٹانگوں پر دباؤ پڑتا، ٹانگیں پھیلانے کی کوشش کرتا تو طوق گردن کو دبانے لگتا۔ ایک زنگ آلود دروازہ اور بہت اوپر چھوٹا سا روشن دان، جس سے روشنی رینگ رینگ کر اندر آتی تھی۔

"طوطا مل گیا تو۔۔۔" اکڑوں بیٹھے بیٹھے پتھر ہوئے قیدی نے سوچا۔

"لیکن طوطا انہیں نہیں مل سکتا۔" سوکھے پپڑی زدہ ہونٹوں پر جو کچھ آیا اُسے مسکراہٹ تو نہیں کیا جا سکتا۔

"مرنا یا نہ مرنا تو اب بے معنی ہے۔" اس نے سوچا اور پھر خود سے پوچھا۔۔ "لیکن اب تک یہ تو بتا تا ہی نہیں گیا کہ میرا جرم کیا ہے؟"

پوچھا۔۔۔ "میرا قصور کیا ہے؟"

میز کے پیچھے گھورتی آنکھوں میں سرخ ڈورے ابھر آئے۔ "یہ بتانا ہمارا کام نہیں۔"

ہزاروں میل دور، کچے صحن میں پیپل کی ہری شاخ کے ساتھ لٹکے پنجرے میں بند طوطے کی تلاش جاری تھی۔ چند دنوں میں کئی پنجرے جمع ہو گئے۔ انہیں پتھر کی دیوار کے ساتھ ترتیب سے رکھ دیا گیا۔ قیدی کو لایا گیا۔

میز کے پیچھے سے گھورتی غضبناک آنکھوں نے پوچھا۔۔ "کس طوطے میں تمہاری جان ہے؟"

طوق کے دباؤ سے دبی گردن کو گھماتے ہوئے قیدی نے ایک ایک پنجرے کو

دیکھا، تادیر چُپ رہا پھر بولا۔۔۔"ان میں سے کسی میں بھی نہیں۔"

تاسف ہوا کہ ان کی محنت اکارت گئی۔ تھوڑی سی خوشی بھی کہ اصل طوطا انہیں نہیں مل سکا۔

حکم ہوا۔۔"ان سارے طوطوں کو مار دو اور اصل طوطے کو تلاش کرو۔"

قیدی نے کہا۔۔"لیکن مجھے میرا قصور تو بتادو۔"

"یہ ہمارا کام نہیں"۔ آواز کی گرج میں غصے کے ساتھ ناکامی کی نمی بھی شامل تھی۔"

قیدی کو اسی نیم تاریک چھوٹی سی کوٹھری میں لایا گیا جہاں ٹانگیں پھیلانے کی گنجائش ہی نہیں تھی۔

اکڑوں بیٹھے، طوق سے گردن کی اینٹھن کو محسوس کرتے قیدی نے سوچا۔" کبھی نہ کبھی تو اصل طوطا مل ہی جائے گا، آخر کب تک؟"

چند روز بعد قیدی کو باہر نکالا گیا۔ سنگی دیوار کے ساتھ پنجروں کی قطاریں لگی تھیں۔ ان میں بند کچھ طوطے مضطرب تھے۔ کچھ پُر سکون۔

حکم ہوا۔۔"ایک ایک کر کے سب کی گردنیں مڑوڑ دو۔"

تڑپتے طوطوں کے درمیان کھڑے قیدی کے پاؤں کی زنجیروں نے اب اس کے ٹخنوں کا گوشت ادھیڑ دیا تھا اور طوق نے گردن کے گرد بنے سرخ حلقے کو زخم میں بدل دیا تھا، نیم مردہ آواز میں پوچھا۔۔"لیکن میرا قصور تو بتایا جائے؟"

گرجدار آواز میں بے بسی تھی۔۔۔"یہ ہماری ذمہ داری نہیں۔"

ایک ایک کر کے سب طوطے گردنیں تڑوا بیٹھے تو قیدی کو دوبارہ اس نیم تاریک کوٹھری میں، جسے کوٹھری کہنا مذاق تھا، بھیج دیا گیا۔

"شائد اس بار اصل طوطا پکڑا جائے"۔ قیدی نے سوچا۔ ٹانگیں پھیلانے کی کوشش

کی تو درد سے بلبلا اُٹھا۔ گردن سوکھی لکڑی کی طرح اکڑ گئی تھی۔

"شائد ٹوٹنے ہی والی ہے۔ اس نے سوچا۔ "اور طوطا۔۔۔۔

چند دن بعد قلعے کے تہہ خانے میں سنگی دیوار کے ساتھ کئی پنجرے اور ان پنجروں میں بند، کچھ پھڑ پھڑاتے، کچھ نیم مضطرب اور کچھ مطمئن طوطے قیدی کے منتظر تھے، اصل طوطا ان میں بھی نہیں تھا۔

گرجدار آواز میں اب جھنجھلاہٹ آگئی تھی۔ "اور طوطے لاؤ۔۔۔ اور۔۔۔ اور۔۔۔ اور۔۔۔"

طوطے آتے رہے، قیدی کو نیم تاریک کوٹھری سے جو اب وہ قبر کی طرح لگ رہی تھی، نکالا جاتا، لیکن اصل طوطا نہ ملا۔

"اور۔۔۔" گرجدار آواز کا غصہ نیم پاگل پن میں بدل گیا تھا۔

"لیکن جناب اب کوئی طوطا کہیں باقی نہیں رہا۔" ڈرتی ڈرتی آواز میں جواب دیا گیا۔

تا دیر خاموشی رہی

"تو یہ جھوٹ بولتا ہے، اس کی جان کسی طوطے میں نہیں، لٹکا دو اسے"۔

قیدی نے پوچھا۔۔۔ "اب تو میرا قصور بتا دیا جائے۔"

گرجدار آواز میں تحکم تھا۔۔۔ "پہلا قصور تو معلوم نہیں لیکن اب تمہارا قصور یہ ہے کہ اصل طوطا نہیں مل رہا۔"

قیدی کے گلے سے طوق اترا تو سکون سا ملا، طوق کی جگہ اب پھندا ڈالا جا رہا تھا، اس سے پہلے کہ جلاد رسی کھینچتا، ٹین ٹین کرتا ایک طوطا فضا میں نمودار ہوا اور قیدی کے گرد منڈلانے لگا۔

"پکڑو۔۔۔۔ مارو" گرجدار آواز میں گرم جوشی اور مایوسی دونوں تھے۔۔۔ "یہی وہ

طوطا ہے"۔

قیدی کو بھول کر سب طوطے کو پکڑنے، مارنے کے لئے ایک دوسرے سے آگے نکلنے کی کوشش میں گر گر پڑے۔ طوطا کچھ دیر ٹیں ٹیں کرتا فضا میں اڑتا رہا، پھر ایک اونچے روشن دان سے نکل کر فضاؤں میں گم ہو گیا۔

قیدی تمام تکلیفوں سے آزاد ہو گیا تھا لیکن آخری لمحے تک اُسے معلوم نہ ہو سکا کہ اس کا قصور کیا ہے؟

شاید اس کا ہونا ہی اس کی سزا تھا؟

Ref.: caarwan.com

※ ※ ※

# اپنا گھر

## ڈاکٹر ریاض توحیدی

وہ دمے کی مریضہ تھی اور پچھلے ایک مہینے سے شہر کے ایک سرکاری اسپتال میں ایڈمٹ تھی۔ مقامی اسپتال میں علاج معالجہ کے بعد اسے جب کوئی خاص افاقہ نہیں ہوا بلکہ بیماری نے طول پکڑا تو اسے شہر کے چیسٹ کیئر اسپتال میں ریفر کیا گیا۔ در اصل چیسٹ کیئر اسپتال میں منتقل کرنے کی ایک وجہ یہ بھی تھی کہ مقامی اسپتال میں چیک اپ کرنے کے بعد چند دوائیاں لکھ کر اسے گھر بھیج دیا جاتا تھا اور گھر پر رات دن کھانس کھانس کر وہ خود بھی تکلیف میں مبتلا رہتی اور افراد خانہ کو بھی پریشان کر دیتی۔ اس کا بیٹا خود ایک سرکاری افسر تھا وہ تو دن میں گھر سے باہر ہی رہتا لیکن اس کی بیوی اور دو چھوٹے چھوٹے بچے تو گھر پر ہی رہتے 'اس لئے بہو کے لئے ماں جی اور بچوں کے لئے دادی کی کھانسی زیادہ ہی وبال جان بن گئی تھی۔ اگرچہ یہ لوگ ٹی وی کی آواز حد سے زیادہ بڑھا کر بھی رکھتے لیکن پھر بھی ماجی کے کمرے سے کھانسنے کی مسلسل آواز انہیں ڈسٹرب کر ہی دیتی۔ بیٹے نے کچھ ماں کی بیماری اور کچھ بیوی کے کہنے پر اسے شہر کے ایک بڑے سرکاری اسپتال میں ایڈمٹ کرانے کا من بنالیا تا کہ وہ اچھی طرح سے ٹھیک ہو جائے۔ ایک دن ڈاکٹروں سے صلح مشورہ کر کے ماں جی کو سرکاری اسپتال میں ایڈمٹ کروا دیا۔ اس دن اس کے ساتھ بیٹا' بہو اور دو بیٹیاں بھی چلی گئیں اور آدھے دن تک میڈیکل چیک اپ اور ضروری

ٹیسٹ کرانے کے بعد جب ڈاکٹروں نے بتایا کہ ماں جی کو اسپتال میں ایڈمٹ رہنا پڑے گا تو اسے بیڈ پر بٹھاتے ہوئے سبھی لوگ دلاسہ دینے لگے کہ بس چند دنوں کی بات ہے 'اس کے بعد آپ صحت مند ہو کر دوبارہ اپنے گھر آئیں گی۔ کبھی کبھی دلاسہ تو بیمار کے لئے دوائی کا کام کرتا ہے۔ وہ ہر کسی کی بات سن کر دل میں خوش ہو جاتی کہ اب وہ ٹھیک ہو جائے گی اور پھر گھر جا کر آرام سے رہے گی۔ اس کی بیٹیاں شہر سے دور بیاہی گئی تھیں اوپر سے دونوں سرکاری ملازمہ تھیں 'اس لئے اسپتال میں ماں کے ساتھ رہنا زیادہ دنوں تک ممکن نہیں تھا۔ بیٹے کی بھی یہی مجبوری تھی۔

اب رہا سوال بہو کا تو وہ اگرچہ گھر گرہستی کا کام ہی سنبھالتی رہتی لیکن پھر بھی گھر میں دو چھوٹے چھوٹے بچوں کا خیال بھی رکھنا پڑتا تھا اس لئے ماں کی خبر گیری کا بوجھ بیٹے اور بیٹیوں کے کندھوں پر ہی آن پڑا۔ ان لوگوں نے اب یہ سبیل نکالی کہ کام آپس میں بانٹ دیا اور ماں کی خبر گیری کا معاملہ آسان ہو گیا۔ ویسے بھی اسپتال میں سبھی سہولیات میسر تھیں تاہم کبھی کبھی کسی دوائی کو باہر سے لانا پڑتا تھا اور باتھ روم میں آنے جانے کے لئے ماں کو سہارے کی ضرورت پڑتی تھی۔ اس کے باوجود یہ بھی آسانی رہی کہ ان لوگوں کو زیادہ تررات کے لئے ہی اسپتال میں ٹھہرنے کے لئے ضرورت پڑتی کیونکہ دن کے لئے انہوں نے ایک دو نرسوں کو ماں کا خیال رکھنے کے لئے کہہ رکھا تھا۔ نرسوں نے بھی کچھ اپنی ڈیوٹی اور کچھ چائے پانی کا خیال کر کے حامی بھری تھی۔ اس طرح سے اسپتال میں ماں کا علاج معالجہ اطمینان سے چلتا رہا۔

دس بیس دنوں کے اندر ماں کی طبیعت میں کافی سدھار آیا اور اب کھانسی کے مسلسل دوروں میں بھی کمی واقع ہوئی اور دن بدن ماں بھی چاک و چوبند نظر آنے لگی۔ گھر والے بھی ماں کو رو بہ صحت ہوتے ہوئے خوش ہونے لگے اور انہیں بھی اطمینان ہو رہا تھا

کہ ماں کو اب زیادہ تکلیف سے نہیں گزرنا پڑے گا کیونکہ بہت عرصے سے جیسے وہ مر مر کے جی رہی تھی۔ ایک مہینہ ہونے کو آیا تو ڈاکٹروں نے شہنواز علی کو بتایا کہ آپ کل ماں کو گھر لے جاسکتے ہیں۔ دوائی وقت پر دیتے رہنا اور ایک آکسیجن سلینڈر بھی خریدنا پڑے گا تاکہ حسب ضرورت آکسیجن دینے کے لئے اسپتال کے چکر نہ کاٹنے پڑیں اور ایک بات کا خاص خیال رکھیں کہ ماں کو اس کمرے میں رکھیں جہاں گرد اور دھوئیں کا اثر نہ ہو کیونکہ یہ چیزیں اس قسم کے مریض کے لئے زہر کے برابر ہوتی ہیں۔ شہنواز علی یہ سن کر خوش ہوا کہ ماں بہت حد تک ٹھیک ہوئی ہے اور اب اسے گھر بھی لے جاسکتے ہیں۔ اس نے ڈاکٹروں کا شکریہ ادا کیا اور ماں کو یہ خوشخبری سنا کر گھر چلا گیا تاکہ کل بیوی کو ساتھ لے کر ماں کو اسپتال سے لے جائیں۔

گھر پہنچ کر ڈریس چینج کر کے اس نے پہلے دونوں بہنوں کو فون پر بتایا کہ کل ماں کو گھر واپس لانا ہے اس لئے اسپتال جانے کی ضرورت نہیں ہے۔ دونوں بہنیں یہ خبر سن کر خوش ہوئیں اور اللہ کا شکر ادا کیا کہ اب ماں ٹھیک ہو کر گھر واپس آرہی ہیں۔ بیوی چائے بنا کر سامنے رکھتے ہوئی پوچھ بیٹھی کہ اب ماں کی طبیعت کیسی ہے تو شہنواز نے چائے کی چسکی لیتے ہوئے خوشگوار انداز سے کہا کہ ماں کی حالت اب کافی بہتر ہے اور اب اسے گھر لانا ہے۔ اس لئے کل جلدی گھر کے کام نپٹا دینا تاکہ سویرے اسپتال جا کر ماں کو گھر لے آئیں۔ یہ سنتے ہی بیوی کا موڈ خراب ہو گیا اور اسے ایک پڑوسی کی بات یاد آگئی کہ استھما کی بیماری دوسرے لوگوں پر جلد ہی اثر کرتی ہے 'اس لئے یا تو اپنی ساس کو بیٹیوں کے پاس بھیج دو یا اولڈ ایج ہوم میں چھوڑ دو۔ وہاں پر وہ بڑی آرام سے رہے گی اور آپ لوگ خصوصاً آپ کے بچے بھی اس بیماری سے بچ سکیں گے۔ بیوی اس وقت خاموش رہی لیکن رات کا کھانا کھانے کے بعد جب شہنواز نے دوبارہ یہ بات دہرائی تو بیوی نے پہلے بڑی

نرمی سے کہا:

"اگر میری بات مانو تو ماں کو اولڈ ایج ہوم میں رکھتے ہیں۔ وہاں پر ایسے بیماروں کا اچھا خیال رکھا جاتا ہے۔"

شہنواز یہ غیر متوقع بات سن کر بیوی کے منہ کو تکتے ہی رہ گیا۔ اسے ایسا محسوس ہوا کہ جیسے کسی دشمن نے اچانک اندھیرے میں اس کی پیٹھ پر چھرا گھونپ دیا ہو۔ اس کی آنکھوں کے سامنے اندھیرا چھا گیا۔ تھوڑی دیر کے بعد جب وہ سنبھل گیا تو اس نے بیوی سے کہا کہ آپ یہ کیسی فضول قسم کی بات کرتی ہو' کیا تم ہوش میں ہو۔

"ہاں' میں ہوش میں ہوں' اسی لئے یہ مشورہ دے رہی ہوں۔" بیوی آنکھیں دکھا کر بولی "مجھے اپنے بچوں کو جیتے جی نہیں مارنا ہے۔"

"بچوں کو جیتے جی مارنا۔" شہنواز بھی اب تھوڑا غصے میں بولا "ماں کو گھر لانے سے بچوں کے مارنے سے کیا واسطہ۔"

"ماں کو استھما کی بیماری ہے۔" بیوی سمجھانے لگی "یہ بیماری بچوں پر بھی اثر کر سکتی ہے۔ اس لئے میں ماں کو کسی بھی صورت میں یہاں آنے نہیں دوں گی۔"

"آپ پڑھی لکھی ہو کر بھی یہ سوچ رہی ہو۔ یہ متعدی مرض نہیں ہے۔"

"مجھے اور کچھ نہیں سننا ہے۔" بیوی کا پارا اب اور چڑھنے لگا۔ "اگر اولڈ ایج ہوم میں نہیں تو اسے اپنی بہنوں کے حوالے کر دو۔ آخر ان کا بھی تو کچھ حق بنتا ہے۔"

آدھی رات تک شہنواز بیوی کو سمجھاتا رہا لیکن جب اس نے کل بچوں سمت میکے چلے جانے کی دھمکی دے ڈالی اور بچوں کے کمرے میں چلی گئ تو شہنواز پریشان ہو کر کروٹیں بدل بدل کر نیند کی آغوش میں چلا گیا۔ صبح اٹھنے کے بعد اس نے بڑی مشکل سے چائے کی ایک پیالی پی لی اور ایک بار پھر بیوی سے کہنے لگا کہ چلو ماں کو لے آتے ہیں۔ یہ

سنتے ہی بیوی ناگن کی طرح اس پر برس پڑی کہ اگر ماں کو اس گھر میں لے آئے تو میں گھر چھوڑ کر چلی جاؤں گی اور پھر فیصلہ عدالت میں ہوگا۔ بیوی کے یہ تیور دیکھ کر شہنواز علی بھونچکارہ گیا۔ اسے پہلے بھی ایک گھریلو مسئلے پر عدالت کا منہ دیکھنا پڑا تھا اور جج صاحب نے اسے سمجھایا تھا کہ ایک ذمہ دار آفیسر ہونے کے باوجود بھی آپ ایسے چھوٹے مسائل کو عدالت تک لے آئے۔ یہ تو آپ گھر میں ہی نپٹا سکتے تھے۔ شہنواز علی ایک طرف اپنے عہدے اور سماجی رتبے کی سوچ میں پڑ گیا اور دوسری طرف بیوی کی دھمکی اور پھر عدالت جانے کی بے عزتی۔ وہ اب اسپتال جانے کی بجائے دفتر جانے کے بارے میں سوچنے لگا۔ نو بجے اس نے گاڑی نکالی اور سیدھا دفتر پہنچ گیا۔ چپراسی گڈ مارننگ سر کہتے ہوئے پانی کا گلاس ٹیبل پر رکھ کر چلا گیا۔ ایک گھنٹے کے بعد جب چپراسی چائے لے کر دوبارہ حاضر ہوا تو وہ ہچکچاتے ہوئے پوچھ بیٹھا کہ سر 'آپ کچھ پریشان سے لگ رہے ہیں۔ میں نے صبح کو محسوس کیا تھا لیکن سوچا کہ شاید تھکاوٹ مت ہو گی۔ چپراسی کی بات سن کر شہنواز کپ اٹھاتے ہوئے بولا کہ نہیں کچھ خاص نہیں لیکن طبیعت ذراسی خراب ہے۔ چپراسی یہ سن کر وہاں سے چلا گیا۔ چائے پیتے ہوئے شہنواز کو خیال آیا کہ کیوں نہ کسی ایک بہن سے بات کروں کہ وہ ماں کو تھوڑے عرصے کے لئے اپنے گھر لے جائے۔ اس نے جو نہی بڑی بہن کا نمبر ڈائل کرنا چاہا تو اسے ایک اور خیال آیا کہ کہ اگر اس نے سوچا کہ شاید میں ماں کی بیماری سے تنگ آ گیا ہوں اور اسے بہانہ بنا کر اس کے ہاں چھوڑنے کی کوشش کر رہا ہوں یا اگر اس کے گھر والے بھی میری بیوی کی طرح سوچ کر انکار کر دیں تو؟" اب ایک ہی صورت ہے کہ ماں کو اولڈ ایج ہوم میں ہی چھوڑا جائے۔ اس کے بعد ہم وہاں پر بھی جا کر اس کا اچھا خیال رکھ سکتے ہیں۔ ویسے بھی اب بزرگوں کو اولڈ ایج ہومز میں چھوڑنے کا چلن عام ہوتا جا رہا ہے۔ ان ہی سوچوں میں گم ہو کر وہ دفتر سے نکل کر

سیدھا اولڈ ایج ہوم کی طرف چلا گیا۔ وہاں پر پہنچ کر اس نے ضروری کاغذی لوازمات پورے کر دے اور انہیں کل ماں کو ساتھ لانے کا بتا دیا۔ وہاں پر موجود ایک بزرگ آدمی نے کہا کہ:

"شہنواز صاحب' آپ ضرور ماں کو اس اولڈ ایج ہوم میں لے آئیں لیکن ایک بار پھر سوچنا کہ جو اپنائیت کا لمس والدین کو گھر پر اپنوں یا اپنے بچوں سے ملتا ہے وہ یہاں پر نہیں ہوتا ہے۔ یہاں پر موجود لوگ بظاہر خوش نظر آتے ہیں لیکن جب ان کے من میں جھانکنے کی کوشش کی جائے تو وہ ویران کھنڈر معلوم ہوتے جو ہر وقت اپنوں کی محبت سے آباد ہونا چاہتے ہیں۔"

شہنواز علی بزرگ کی دل فگار باتیں سن کر پھر سے سوچ میں پڑ گیا لیکن جلد ہی اسے بیوی کی گھر چھوڑنے کی دھمکی یاد آئی اور وہ بغیر کچھ کہے وہاں سے اٹھ کر چلا آیا۔ گاڑی ڈرائیو کرتے کرتے وہ پریشان حالت میں اسپتال کے گیٹ پر پہنچ گیا۔ گاڑی پارک کرنے کے بعد وہ سیدھا اسپتال میں ماں کے پاس چلا گیا۔ ایک نرس ماں کو دوائی پلا رہی تھی۔ شہنواز کو دیکھتے ہیں ماں مسکراتے ہوئے بول پڑی کہ بیٹا صبح سے آپ لوگوں کی راہ تکتے تکتے میری آنکھیں ترس گئیں' آپ نے اتنی دیر کیوں لگا دی 'کیا بہو اور بچے ٹھیک طرح سے ہیں۔ میں تو یہاں پر تنگ آ گئی ہوں' جلدی سے مجھے گھر لے چلو تاکہ اپنے بچوں کا منہ دیکھ کر سکون پا سکوں۔ ماں کی باتیں سن کر شہنواز کی آنکھیں آبدیدہ ہو گئیں اور وہ کچھ کہے بغیر وہاں سے ڈاکٹر کے چیمبر میں چلا گیا۔ دس بیس منٹ کے بعد ڈاکٹر نے نرس کو بلوایا اور شہنواز کی بات سمجھانے لگا کہ شہنواز صاحب کی ماں کو کسی بھی طرح اولڈ ایج ہوم میں جانے کے لئے مائل کرو کیونکہ ان کے گھر میں کچھ پرابلم ہے۔ نرس 'او کے سر کہتے ہوئے وہاں سے نکل کر وارڈ میں چلی گئی۔ وہاں پر اس نے جب ماں کی بے قراری دیکھی

کہ کب وہ گھر جائے گی تو وہ دوبارہ ڈاکٹر کے چیمبر میں آئی کہ سر میں رات کو اسے سمجھا دوں گی۔ شہنواز یہ سن کر پھر سے ماں کے پاس چلا گیا اور اسے کل لے جانے کی بات بتاتے ہوئے وہاں سے نکل پڑا۔

مارکیٹ میں اس نے آکسیجن سلینڈر بھی خریدا اور گھر کی طرف چل پڑا۔ گیٹ کھلنے کی آواز سنتے ہی بیوی گھر سے باہر آئی اور گاڑی کو گھورنے لگی کہ شاید اس میں ماں بھی مت ہو گی لیکن جب اسے یقین ہو گیا کہ ماں ساتھ نہیں ہے تو وہ الٹے پاؤں کچن میں چلی گئی اور تھوڑی دیر کے بعد چائے کپ میں انڈیلتے ہوئے پوچھ بیٹھی کہ ماں کو کہاں پر چھوڑا۔ شہنواز پہلے کچھ نہیں بولا پھر کہہ ہی دیا کہ اسے کل اولڈ ایج ہوم میں چھوڑیں گے۔ اس کی بیوی یہ سن کر خوش ہوئی اور کہنے لگی کہ مجھے ماں کو یہاں لانے میں کوئی اعتراض نہیں ہے لیکن بچوں کی صحت کا سوچنا پڑے گا آخر وہ تھوڑے میرے ہی ہیں 'آپ کے بھی تو ہیں۔ شہنواز پھر بھی بے چین ہی رہا۔ وہ سوچنے لگا کہ ہمسائے کیا کہیں گے اور بہنوں کو کیا بتاؤں گا۔ رات کے وقت جب نرس نے ماں جی کو دوائی پلائی تو تھوڑی دیر تک ادھر ادھر کی باتیں کرنے کے بعد آخر اصلی بات پر آکر کہنی لگی کہ ماں جی 'آپ تو بہت حد تک ٹھیک ہو گئی ہیں۔ اب یہ دوا وغیرہ وقت پر کھاتے رہنا اور ہاں فی الحال گھر میں رہنا ٹھیک نہیں رہے گا اس لئے آپ کے بیٹے نے اچھا انتظام کر دیا ہے۔ کل آپ کو اولڈ ایج ہوم لیا جائے گا۔ وہاں پر بھی آپ کی عمر کے اچھے اچھے لوگ ہوتے ہیں۔ نرس کی بات سن کر ماں جی پر جیسے بجلی گر پڑی۔ وہ لرز اٹھی۔ نرس کا منہ تکنے لگی۔ پہلے کچھ نہ بول سکی لیکن پھر سب کچھ سمجھ کر بول پڑی:

''بیٹی' مجھے جھوٹا دلاسہ مت دو۔ میں سب کچھ سمجھ گئی۔ مجھے گھر سے بے گھر کرنے کا پورا پروگرام بنایا گیا ہے۔ میں نے سنا ہے کہ اولڈ ایج ہوم بے سہارا لوگوں کے لئے ہوتا

ہے۔ میں تو بے سہارا نہیں لیکن لاوارث ضرور بن گئی ہوں۔"

نرس نے ماں جی کی دل توڑنے والی بات سن کر بڑی مشکل سے آنسو روکے رکھے اور کچھ کہے بغیر وہاں سے دوسرے بیڈ کے مریض کی طرف چل دی۔ نصف رات تک ماں جی کے دل کو نرس کی بات سانپ کی طرح ڈستی رہی کہ "کل آپ کو اولڈ ایج ہوم میں لیا جائے گا۔" نیند کوسوں دور بھاگ چلی تھی۔ اسے یاد آیا کہ بچپن میں جب شہنواز کو بھی چھاتی کے درد کی وجہ سے اسی اسپتال میں ایڈمٹ کیا گیا تھا تو وہ دس دنوں تک یہاں سے ہل بھی نہیں پائی تھی اور بیٹے کو چھاتی سے لگائے رکھا تھا۔ جس دن اسے اسپتال سے چھٹی ملی تھی تو گھر پہنچ گھر اس نے دل کھول کر صدقہ اتارا تھا کہ اس کا بیٹا ٹھیک ہو گیا ہے اور آج اُسی بیٹے نے اپنی ماں کو گھر سے بے گھر کرنے کے بہانے اولڈ ایج ہوم کی سبیل نکالی ہے۔ اسی کرب ریز حالت میں اس کے دل سے سرد آہ نکلی شہنواز بیٹا اور آخری ہچکی لیتے ہوئے منہ سے نکل پڑا "اپنا گھر"۔

Ref.: caarwan.com

✲✲✲

# ایک کہانی نئی پرانی

## خالد علیم

توکیاتم سمجھتے ہو کہ تم نے کہانیاں لکھنی سیکھ لی ہیں۔ بہت خوب!۔۔۔ سچی بات تو یہ ہے کہ تمھاری اکثر کہانیوں میں تمھاری اپنی ہی دہرائی ہوئی باتیں ہوتی ہیں۔ تھوڑا سا مرچ مصالحہ ڈال لیا۔ کچھ نئے معنی پر لفظوں کی نئی ترتیب کا رنگ روغن چڑھالیا اور سمجھ لیا کہ تم نے کہانی لکھ لی۔

تم نے کبھی غور ہی نہیں کیا کہ تم خود بھی ایک کہانی ہو۔ ایسی کہانی کہ اگر لکھی جائے 'بالفرض تم خود ہی لکھو تو تمھاری دوسری کہانیوں کی نسبت بہت مربوط اور دل چسپ ہو گی۔ تمھاری اپنی کہانی تمھارے لیے شرمندگی کا باعث ہی سہی لیکن دوسرے اسے پڑھ کر بہت محظوظ ہوں گے۔ اس لیے میں سمجھتا ہوں کہ تم پہلے اپنی کہانی لکھو پھر دوسروں کے بارے میں موشگافیاں کرنا۔ ٹھیک ہی تو ہے۔ تمھاری کہانیاں موشگافیاں نہیں تو اور کیا ہیں۔ اس عمر میں جب کہ میں تم سے عمر میں تقریباً دوگنا ہوں' مجھے تمھاری یہ موشگافیاں ذرا اچھی نہیں لگتیں۔ تمھیں اس کا بالکل احساس نہیں لیکن میں تمھیں بڑی گہرائی کے ساتھ پڑھتا ہوں۔ اس لیے جانتا ہوں کہ پہلے تم نے کیا لکھا اور اب کیا لکھ رہے ہو۔ اب دیکھونا!۔۔۔ تم نے پچھلے دنوں ستارہ والی کہانی لکھی اور خواہ مخواہ ستارہ کے کردار کو اس طرح پیش کر دیا جیسے وہ کوئی طوائف ہو۔ جب کہ تم یہ بھی جانتے تھے کہ ستارہ ماسٹر

رحمت دین کی اکلوتی بیٹی تھی۔ بہت ہی معصوم اور پاک باز۔ بالکل اپنی سادہ لوح ماں کی طرح۔ حالانکہ اس سے پہلے تم کئی دوسری کہانیوں میں ناموں اور مقامات کی معمولی تبدیلی کے ساتھ ستارہ ہی کے کردار کو پیش کر چکے ہو۔ بس فرق صرف یہ ہے کہ ان کہانیوں میں تمھارا اپنا کردار بھی ہے جو ایک دھندلا سا خاکہ بن کر رہ گیا ہے۔۔۔ اور ستارہ۔۔۔ جو پہلے دو بیٹیوں کی ماں بنی' پھر ایک بیٹے کو جنم دے کر مر گئی تھی' طوائف کیسے ہو سکتی ہے۔۔۔ ہاں البتہ اس میں تمھارا اپنا کردار کسی حد تک نمایاں ہو جاتا ہے۔ وہ بھی صرف مجھ پر۔ کسی اور کو اس کا احساس نہیں ہو سکتا۔ کاش تم اپنی لکھی ہوئی کہانیاں خود بھی غور سے پڑھ لیتے۔

مجھے یقین ہے کہ تم کہانی لکھتے وقت کسی لاشعور کی زد میں آ جاتے ہو۔۔ اور مجھے یہ بھی معلوم ہے کہ تم اپنی کہانی پوری ترتیب کے ساتھ کبھی نہیں لکھو گے۔ اس لیے کہ تم اپنے لاشعور سے ڈرتے بھی بہت ہو۔ خوابوں پر تمھارا یقین نہیں ہے ورنہ تم کب کے مر چکے ہوتے۔ خواب تو دن بھر کی خوشیوں اور دُکھوں کا عکس ہوتے ہیں' لیکن میرا خیال ہے کہ تمھارا دماغ بہت کمزور ہو گیا ہے۔ تم خواب دیکھتے ضرور ہو لیکن صبح اُٹھتے ہی تمھیں خواب بھول جاتے ہیں' یوں۔۔۔ جیسے کوئی اپنے آپ کو بھول جائے۔ اسی لیے تم اپنی کہانیوں میں موجود ہونے کے باوجود اپنے آپ کو کئی جگہ بھول گئے ہو۔ اسی لیے مزے میں ہو' ورنہ تم سارا دن اپنے اور خوابوں کے بوجھ تلے دبے رہتے' یا اُن کی تعبیریں ڈھونڈتے پھرتے۔ یہ بہت بری بات ہے کہ آدمی خواب دیکھے اور بھول جائے۔ خوابوں کو بھولنے کا مطلب ہے' آدمی اپنے اندر ہی اندر مرتا جا رہا ہے' لیکن اسے احساس نہیں ہوتا کہ وہ مرتا جا رہا ہے۔ اس لیے کہ اندر ہی اندر مرنے سے احساس بھی مرتا چلا جاتا ہے۔

تم نے کبھی آسمان کی طرف دیکھا ہے۔ ہاں! دیکھا ہو گا۔ سب ہی دیکھتے ہیں۔ دن میں بھی' رات کو بھی۔ لیکن تم یہ نہیں جانتے کہ آسمان کی طرف دیکھتے ہوئے بھی تم یہ نہیں دیکھ سکے کہ زمین پر نازل ہونے والی تباہیوں کے منظر کتنے گھناؤنے ہیں۔ تم اگر دیکھ سکتے تو تمھیں آسمان میں زمین ایک سیاہ دھبے کی طرح دکھائی دیتی۔۔۔ آسمان میں بہت سی کہانیاں بکھری پڑی ہیں۔ تمھاری اپنی کہانی بھی پورے حرفوں اور لفظوں کے ساتھ موجود ہے۔ تم نے دیکھا نہیں' اس لیے تمھارے احساس سے دور ہے۔ تاہم مجھے معلوم ہے کہ اگر تم دیکھ بھی لیتے تو کترا جاتے۔ تم اپنی کہانی جان کر بھی کیوں لکھو گے۔ یہ نہیں کہ تمھیں اس کی فرصت نہیں۔ تمھیں تو بس خوف ہے کہ اگر لوگوں نے مکمل ترتیب کے ساتھ تمھاری اپنی کہانی پڑھ لی تو پھر وہ تمھاری اور کوئی کہانی نہیں پڑھیں گے۔۔۔ پتہ نہیں' تم جانتے ہو یا نہیں' مجھے تمھاری بہت سی کہانیوں سے کتنا قریبی تعلق رہا ہے۔ ایک ایسا تعلق جسے ابھی تم پوری طرح سمجھ نہیں سکتے۔ لیکن مجھے تمھاری دوسری کہانیوں سے کوئی دل چسپی نہیں۔ میں صرف ان کہانیوں کی بات کر رہا ہوں جن میں کسی نہ کسی طرح تم خود آنکلے ہو۔ غیر مربوط ہی سہی' ایک کہانی بن گئے ہو۔

جانتے ہو تمھاری کہانی کہاں سے شروع ہوتی ہے؟ تمھیں شاید یاد ہے کہ نہیں؟ جب تم پیدا ہوئے تھے وہ برسات کی رات تھی۔ بادلوں کی گڑگڑاہٹ میں تم نے جب آنکھ کھولی تو تمھیں رات کے اندھیرے میں بجلی کی روشنی اور پھر اس کی کڑک نے بے ہوش کر دیا تھا۔ تمھاری دایا اماں نے سمجھا کہ تم پیدا ہوتے ہی مر چکے ہو۔ تمھاری ماں نے ہمت کر کے تمھیں دیکھا اور دیکھتی ہی رہ گئی۔ تمھارے چہرے پر ٹھوڑی کے عین وسط میں ایک سیاہ دھبا تھا۔ رات کی تاریکی میں آسمان کے سائبان تلے وہ سیاہ دھبا بجلی کی چمک میں نظر آیا تو تمھاری ماں بے ہوش ہو گئی۔ دایا اماں' جس جگہ تم پیدا ہوئے تھے' نشیبی

بستی سے اچانک آ نکلی تھی۔ تمھاری ماں کو تڑپتا دیکھ کر وہ سمجھ گئی تھی۔ وقت بہت کم تھا اور پھر دایا اماں اتنی طاقت بھی نہیں رکھتی تھی کہ تمھاری ماں کو اپنے گھر تک لے جائے یا کسی کو مدد کے لیے پکار سکے۔ تمھاری ماں بھی بے ہوش تھی اور تم بھی بے ہوش تھے۔ لیکن دایا اماں تمھیں اپنی چادر میں لپیٹ کر نشیب میں اتر گئی۔ پھر وہاں سے دو آدمی آئے اور تمھاری ماں کو مردہ پا کر لوٹ گئے۔ ساری رات تمھاری ماں کی لاش وہیں پڑی رہی۔ صبح انھی دو آدمیوں نے تمھاری ماں کو اسی جگہ دفن کر دیا۔

تمھاری ماں کا اتا پتا معلوم کرنے کے لیے دایا اماں کو زیادہ تردّد سے کام نہیں لینا پڑا۔ اسے پتہ تھا کہ انھی دو آدمیوں نے تمھاری ماں کو موت کے سپرد کیا تھا۔ ایک سال پہلے ہی انھوں نے اس کو مار دیا تھا۔ پھر وہ ایک زندہ لاش کی طرح یہاں آ گئی تھی' لیکن بادلوں کی گڑگڑاہٹ سے لرز کر وہ نشیب میں نہیں اُتر سکی تھی۔ بادلوں کی خوف ناک گڑگڑاہٹ کے باوجود تم نہ جانے کیسے زندہ رہ گئے۔ دایا اماں کی لپٹی چادر میں تم نشیب میں ایسے اترے کہ پھر کبھی نہ ابھر سکے' حالانکہ بعد میں تم نے زندگی کے اُفق پر ابھرنے کے لیے بہت ہاتھ پاؤں مارے۔ تمھیں جب معلوم ہوا کہ تمھاری پرورش کرنے والے تمھاری ماں کے قاتل ہیں' تم ان کے سامنے تن کر کھڑے ہو گئے۔ انھوں نے تمھاری ایسی پٹائی کی کہ تمھاری ایک آنکھ ضائع ہو گئی۔ ایک پاؤں بھی ٹوٹ گیا۔ پھر نہ جانے تم وہاں سے کیسے بھاگے' ایک دُور دراز کی بستی میں جا کر پناہ لے لی۔ مائی سرداراں نے تمھاری کہانی سنی تو تمھارے سر پر اپنا شفقت بھرا ہاتھ رکھ دیا۔ پھر تمھیں وہاں کی مسجد کے مولوی صاحب کے پاس پڑھنے کے لیے بھیج دیا گیا۔ مولوی صاحب جو تمھیں پڑھاتے تھے' دینی کتابوں کے ساتھ ہر قسم کی بڑی بڑی کتابیں پڑھنے کا شوق رکھتے تھے۔ پھر تم نے بھی وہ ساری کتابیں پڑھ لیں اور یوں تمھیں احساس ہوا کہ تم اچھے خاصے پڑ

ھے لکھے ہو گئے ہو۔ تم نے لکھنے کی مشق شروع کر دی اور کچھ اور لکھنے کے بجائے کہانیاں لکھنے لگے۔ مولوی صاحب کو پتہ چلا تو انھوں نے تمھیں بہت سمجھایا۔ کہا کہ تم جھوٹے قصے لکھنے لگے ہو لیکن تم نہ مانے۔ آخر انھوں نے مائی سرداراں کو کہہ دیا کہ یہ لڑکا پڑھ لکھ نہیں سکتا۔ حالانکہ تم اپنی نظر میں اس وقت بھی بہت اچھی کہانیاں لکھنے لگے تھے۔ پھر تمھاری کہانیاں رسائل میں چھپنے لگیں۔

تم سمجھتے ہو کہ تم نے پچھلی بار جو کہانی لکھی تھی' لوگ پڑھ کر بھول چکے ہوں گے۔ حالانکہ ایسا نہیں ہے۔ تمھارے نقاد جانتے ہیں کہ تمھارا قلم تمھارے لاشعور سے' جس پر تمھیں یقین نہیں' تمھاری اپنی ہی زندگی کی سیاہی کاغذ پر بکھیر دیتا ہے۔ سو اصل بات یہ ہے کہ تمھارے ہر کردار میں معنی کی تکرار ہوتی ہے۔ پھر ادب کے نقاد تو تمھاری کہانیوں کے رنگ رنگ سے واقف ہیں' وہ ہر بار تمھاری کہانیوں میں در آنے والے سیاہ دھبے کو کیسے بھول سکتے ہیں۔ وہ سیاہ دھبا' جس سے تم نے کاغذ کا سینہ سیاہ کر دیا ہے۔ وہ تمھیں کبھی معاف نہیں کر سکتے۔

تم نے جو پہلی کہانی لکھی تھی' وہ مجھے اب بھی یاد ہے۔ تم نے کہانی یوں شروع کی تھی۔۔۔ "کریمو کی ماں پتہ نہیں پہاڑی گھاٹیوں کے درمیان کیوں مر گئی تھی۔ وہ نشیب میں اُتر کر بھی مر سکتی تھی۔"۔۔۔ لیکن تم یہ نہیں لکھ سکے کہ بادلوں کی گڑگڑاہٹ میں وہ نشیب میں نہیں اتر سکی تھی۔ اگر وہ نشیب میں اُتر جاتی تو اس کی زندگی کا دردناک سفر ایک بار پھر شروع ہو جاتا۔ اچھا ہوا کہ وہ مر گئی۔۔۔ پھر تم نے کریمو کی ماں کی سابقہ زندگی کا وہ روپ دکھا دیا جو تمھاری اپنی ماں کا تھا۔ لیکن تم کہانی کار ہو نا۔۔۔ بڑی خوب صورتی سے تم نے خود کو کہانی سے نکال لیا اور کہانی تمھارے بجائے کریمو کی ماں کی زندگی کا بے رحم عکس دکھاتی رہی۔ تم نے اس کہانی کو جو ایک سچی کہانی تھی' بدلنے کے لیے بہت رنگ

بھرے۔ پھر تم نے ایک اور کہانی لکھی۔۔۔ شگفتہ جو ایک بیٹے کو جنم دے کر بھی ماں نہ بن سکی۔ اس لیے کہ شگفتہ آخری بار بیٹی کو جنم نہ دے سکی تھی' حالانکہ بیٹوں کو جنم دینی والی مائیں عزت کی نگاہ سے دیکھی جاتی ہیں۔۔۔ اور زیادہ بیٹیاں پیدا کرنے والی مائیں مر جاتی ہیں۔۔۔۔ اور تم نے لکھا۔۔۔ شگفتہ مر گئی۔۔۔ کیوں کہ اس کی بیٹیاں صرف دو تھیں جنھیں وہ نشیبی بستی میں چھوڑ کر آچکی تھی۔

تمھاری ستارہ والی کہانی تو میں کبھی فراموش نہیں کر سکتا۔ ستارہ جو ایک زمانے میں کتنی ہی آنکھوں کے لیے سرشاری کا استعارہ تھی۔ تم نے لکھا۔۔۔۔ لیکن وہ پہلے ایسی نہ تھی۔ وہ ماسٹر رحمت دین کی اکلوتی بیٹی تھی۔۔۔ اُس کی لاڈلی بیٹی۔۔ بیٹیاں تو ہوتی ہی لاڈلی ہیں۔ وہ بھولے سے ایک دن گنجان جنگل میں نکل آئی اور اس کو بھیڑیے لے گئے۔ بھیڑیوں نے اس کی تکا بوٹی کرنا چاہی لیکن تجارت پیشہ صداقت علی کے دو بیٹے وہاں اچانک آنکلے اور انھوں نے بڑی بہادری سے اُسے بھیڑیوں سے چھڑا لیا۔ پھر خود بھیڑیے بن گئے۔ بچی کھچی ستارہ کسی طرح واپس شہر پہنچ گئی۔ لیکن وہ اپنے گھر نہ جا سکی۔ شہر میں درندگی کے اس کوچے میں چلی گئی جہاں ستارہ جیسی کتنی ہی کرنیں اپنی سانسوں میں رات کی سیاہی انڈیلتی رہتی ہیں۔ تمھاری کہانی کی ستارہ اس کوچے میں پہنچی تو واقعی ستارہ بن کر چمکی' اور پھر ستارہ پرستوں کی بھیڑ لگ گئی۔ تمھیں ستارہ کی اتنی چمک دمک منظور نہیں تھی۔ اس سے پہلے کہ ستارہ ماہتاب بن کر چمکتی تم نے ستارہ کو وہاں سے نکال دیا اور اس نے ساجد کے ہاں پناہ لے لی۔ ساجد بہت نیک آدمی تھا لیکن وہ اس سے شادی نہیں کر سکتا تھا کیوں کہ وہ خود شادی شدہ تھا۔ اس کی بیوی نے جب دیکھا کہ ستارہ ماہتاب بنتی جا رہی ہے تو اس نے ساجد کے گھر آنے سے پہلے اسے دھکے دے کر نکال دیا اور پھر وہ کتنے ہی دھکے کھاتی ہوئی پہاڑوں کے نشیب میں ایک بستی کی طرف جا نکلی۔ وہاں بھی

رہتے تو انسان ہی تھے لیکن انسانوں سے بدتر زندگی گزارنے پر مجبور تھے۔ تم نے اپنی کہانی میں اس زندگی کا ایسا نقشہ کھینچا جسے دیکھ کر آدمی کو زندگی سے نفرت ہونے لگتی ہے۔ یہاں مجھے تم سے اختلاف ہے۔ میں ہرگز تمھاری یہ بات ماننے کے لیے تیار نہیں کہ کوئی ایسی بستی بھی ہے جہاں کے لوگ اپنی بھوک مٹانے کے لیے اپنی بیٹیاں بھی بیچ دیتے ہیں۔ بیٹیاں تو ہر سانس زندگی کا احساس دلاتی ہیں۔ تم نے تو زندگی ہی کو مار دیا۔ ستارہ کو بھی مار دیا۔ حالانکہ ستارہ کو نہیں مرنا چاہیے تھا۔ تم نے یہ عجیب بات لکھ دی کہ ستارہ اس بستی میں پہنچ کر خورشید بی بی کی بیٹی بن گئی اور پھر اس کے دونوں چاند سے بیٹوں سے بیاہ دی گئی تاکہ بیٹیاں پیدا کر سکے۔ بھلا ایک بیٹی دو بیٹوں کے ساتھ بیاہی جائے ؟ ستاروں کے جھرمٹ میں ایک چاند تو ہو سکتا ہے لیکن ایک ستارہ کے لیے دو چاند۔ اندھیر خدا کا۔ بھلا ایسے بھی ہو سکتا ہے۔ اگر ایسا ہوتا تو خورشید بی اس بستی میں لوٹ کر آنے والی ستارہ کے بیٹے کو اپنے گھر میں پناہ نہ دیتی۔ پھر بیٹا بھی ایسا' جس کی ٹھوڑی کے وسط میں ایک سیاہ دھبا تھا۔ ہاں البتہ یہ سیاہ دھبا دیکھ کر ستارہ کو مر ہی جانا چاہیے تھا۔

خیر یہ بھی اچھا ہوا کہ تم نے اپنی کہانی خود نہیں لکھی۔ اگر لکھتے تو میں یقین سے کہہ سکتا ہوں کہ بالکل ادھوری لکھتے۔۔۔ اور پھر تم سوچ رہے ہوگے کہ میں نے تمھاری لکھی ہوئی کہانیوں میں سے تمھاری اپنی کہانی کس طرح تلاش کی تو یہ سمجھنا کچھ زیادہ مشکل نہیں۔ ستارہ ماسٹر رحمت دین کے گھر سے مجھے ہی تلاش کرتے ہوئے جنگل میں بھٹک گئی تھی۔۔۔ اور یہی اس کی غلطی تھی۔ کیوں کہ ایک چھوٹا سا سیاہ دھبا اس کی قسمت کی سیاہی بن کر اس کی اپنی بھی ٹھوڑی کے وسط میں نقش تھا۔ اس کے باوجود وہ بہت حسین تھی' بہت معصوم تھی۔ اُسے میں نے بہت تلاش کیا۔ پھر میری شادی ہوگئی تو وہ مجھے ستارہ بن کر مل گئی لیکن میری بیوی نے میری غیر موجودگی میں اسے دھکے دے کر گھر سے نکال دیا

تھا۔

میں اب تک تمھاری سب کہانیاں پڑھ چکا ہوں۔ تمھاری ہر کہانی نئ کہانی ہونے کے باوجود پرانی لگتی ہے اس لیے کہ تم کسی بھی کہانی میں اس سیاہ دھبے کو نہیں بھول سکے' جسے تمھاری اپنی ٹھوڑی کے وسط میں دیکھ کر ستارہ مر گئ تھی---اور اب تمھاری تازہ ترین کہانی میں یہ سیاہ دھبا اتنا پھیل گیا ہے کہ کہیں بھی روشنی کا احساس نہیں ہوتا۔ ہر طرف اندھیرا ہی اندھیرا ہے--- تم نے آخر میں لکھا ہے کہ--- انسان کے کرموں کی سیاہی نے پہاڑوں کو اپنی لپیٹ میں لے لیا--- زمین کا سینہ شق ہو گیا--- پہاڑوں کی چٹانیں خوف ناک لرزش سے پاش پاش ہو گئیں اور--- وہ نشیبی بستی پوری کی پوری زمین میں غرق ہو گئ۔ لیکن پتہ نہیں تم جانتے ہو یا نہیں' مجھے معلوم ہے کہ تمھاری کہانی والی ستارہ آج بھی زندہ ہے--- وہ ایک اور خورشید بی بی کی نو آباد نشیبی بستی میں اتر چکی ہے۔

اگر تمھیں پورا یقین ہے کہ نشیبی بستی کے مکین اب بھی اپنی بھوک مٹانے کے لیے اپنی بیٹیاں فروخت کر دیتے ہیں تو پھر مجھے تمھاری اس نئ کہانی کا انتظار ہے جس میں تم اس بستی کی فروخت کی جانے والی بیٹیوں کی خاموش سسکیوں کی آوازیں بھی مجھے سنا سکو۔ شاید اس طرح میں ستارہ کی بیٹیوں کی آوازیں بھی سن سکوں۔ میں ان آوازوں کو بہت قریب سے سُننا چاہتا ہوں۔ اتنا قریب سے کہ ستارہ کو یہ آوازیں سنائی نہ دیں--- کیوں کہ اگر ستارہ نے یہ آوازیں سُن لیں تو ماسٹر رحمت دین کی پُرسکون ابدی نیند میں خلل آ جائے گا اور پہاڑوں کی چٹانیں ایک بار پھر خوف ناک لرزش سے پاش پاش ہو جائیں گی۔

Ref.: caarwan.com

***

# جڑوں سے جو اکھڑے

## سید احمد قادری

مرزا صفیر الدین ہجرت در ہجرت کے کرب کو جھیلتے ہوئے، اب سے دس سال قبل جب وہ یہاں آئے تھے، تو انہیں ایسا لگا تھا' جیسے کڑی دھوپ کی تیز نوکیلی تمازت اور لو کے تھپیڑوں میں مسلسل چلتے ہوئے اچانک ایک ہرے بھرے باغ کی پر بہار فضا میں آ گئے۔

جہاں ہر طرف پیڑوں کی ٹھنڈی چھاؤں، طرح طرح کے رنگ برنگے خوشنما پھول اور ان پھولوں کی خوشبو سے معطر، پورا باغ۔ ان کے جسم کے رگ و پے میں اترتی ہوئی سرد ہوائیں تھیں۔ وہ بہت دنوں تک اس گھنیری ٹھنڈی چھاؤں میں کھڑے ہو کر سرد ہواؤں کو اپنے جسم کے پور پور میں اتارتے رہے۔ مسلسل خاردار اور اندھے راستوں پر چلتے چلتے ان کا جسم لہولہان ہو چکا تھا اور پاؤں میں چھالے پڑ گئے تھے۔ لیکن چند دنوں میں ہی بیٹا، بہو اور ان کے دونوں بچوں کی بے پناہ محبت اور پیار نے ان کی ساری تکان اور پریشانیوں کو دور کر دیا تھا۔ دھیرے دھیرے زخم مندمل ہونے لگے تھے۔

مرزا صفیر الدین کو امریکہ میں ہر طرح کی آسائش اور آرام میسر تھا۔ بیٹا، بہو اور دونوں بچے ہر وقت ان کی دلجوئی کرتے رہتے۔ گرچہ صبح سویرے ہی بیٹا، بہو اپنے اپنے جاب پر نکل جاتے اور بچے اسکول کے لئے روانہ ہو جاتے۔ اس کے بعد اچھا خاصہ وسیع و

عریض سجا سجایا گھر، فریز میں طرح طرح کے کھانے پینے کی چیزیں، جو چاہو کھاؤ پیو، ٹی۔وی دیکھو، نِٹ پر دوستوں، عزیزوں سے باتیں کرو، فیس بک پر سینکڑوں دوستوں کی بھیڑ تھی، لیکن تنہائی کا عفریت پورے گھر پر قبضہ جمائے رہتا۔ شروع کے دنوں میں مرزا صاحب نے اس تنہائی کے عفریت سے بھی دوستی کرلی تھی اور وقت گذاری کے لئے ٹیلی ویژن پر خبریں، سیریئل، انٹرنِٹ پر اپنی دلچسپی کے ویب سائٹس، فون پر دوستوں اور عزیزوں سے گھنٹوں گفتگو۔ لیکن دھیرے دھیرے ان سب سے بھی دل اچاٹ ہوگیا اور تنہائی کا عفریت انہیں کاٹ کھانے کو دوڑنے لگا۔ اس سے بچنے کے لئے وہ مختلف کتابوں اور رسالوں میں پناہ لینے کی کوشش کرتے، لیکن انھیں یہاں بھی پناہ نہیں ملتی۔ تھک ہار کر وہ نیند کی پناہ میں جانا چاہتے، لیکن نیند بھی کوسوں دور کھڑی ان کے حال پر مسکراتی رہتی۔ کبھی ہلکی سی نیند آتی بھی تو بچپن کی یادیں، جوانی کی پریشانیاں بند آنکھوں میں سپنا بن کر اترنے لگتیں اور کبھی انہیں ایسا محسوس ہوتا کہ ان کے سرہانے کبھی ان کے ابّا، اماں، بھائی جان، باجی سب کے سب کھڑے ہیں اور کہہ رہے ہیں، اٹھو جاگو صفیر ۔۔۔۔۔۔۔۔۔۔کتنا سووگے۔۔۔۔اور وہ ہڑبڑا کر اٹھ کر بیٹھ جاتے، چاروں جانب بے چینی کے عالم میں نظریں دوڑاتے۔۔۔۔لیکن یہاں تو کوئی نہیں۔۔۔۔۔۔وہ ہیں اور تنہائی ہے۔ ہاں ان لوگوں کی یادیں ضرور ان کے دل و دماغ کو تڑپانے اور آنکھوں کو سمندر بنانے لگتیں۔۔۔۔۔۔۔۔

اب یہ زندگی انہیں بے کیف لگنے لگی تھی اور یہ محسوس کر رہے تھے کہ وہ اب زیادہ دنوں تک زندہ نہیں رہیں گے۔۔۔۔کوئی انہیں بلا رہا ہے، آجاؤ، صفیر۔۔۔۔۔۔زندگی میں تم نے بہت دکھ جھیلا ہے، لمحوں کی خطا نے کئی دہائیوں کی سزا دی ہے تمھیں۔۔۔۔ہمیں۔۔۔ہم سب کو۔۔۔۔۔آؤ۔۔۔۔۔۔۔اب تم

بھی آرام کرو! زمانے کی گردشوں کی دھول میں بہت چل چکے۔۔۔۔۔۔اب آرام کرو۔۔۔۔۔۔

ایک ویک اینڈ میں، جب سبھی ساتھ مل کر کھانا کھا کر بیٹھے، خوش گپیوں میں مشغول تھے، اس دوران ان کا بیٹا مرزا اسلم نے محسوس کیا کہ، بات کرتے کرتے ابّا کہیں گم ہو جا رہے تھے، اداس، اداس سی ان کی آنکھیں خلاء میں کچھ ڈھونڈھ رہی ہیں۔ مرزا اسلم نے فکر مند ہوتے ہوئے پوچھا۔۔۔۔

"کیا بات ہے ابّا، آپ کچھ پریشان سے لگ رہے ہیں؟"

مرزا صفیر الدین، بیٹے کے اچانک اس سوال پر چونک پڑے اور کہا۔۔۔۔۔۔

"پریشان۔۔۔۔۔۔ہاں، ہاں۔۔۔بیٹا، میں پریشان تو ہوں۔ دراصل ان دنوں مجھے اپنا ملک بہت یاد آرہا ہے اور میری دلی خواہش ہو رہی ہے کہ کچھ دنوں کے لئے میں اپنے ملک جاؤں اور۔۔۔۔۔۔۔۔۔۔۔"

مرزا صفیر الدین کی بات ابھی مکمل بھی نہیں ہو پائی تھی کہ بیٹا مرزا اسلم نے چونکتے اور پھر مسکراتے ہوئے پوچھا۔۔۔۔

"کون سا ملک ابّا۔۔۔۔"؟

اس سوال پر مرزا صفیر الدین بھی چونک پڑے اور خود ہی بڑبڑانے لگے۔۔۔۔۔

"ملک کون سا ملک۔۔۔؟میرا کون سا ملک۔۔؟، جسے میں اپنا کہوں۔۔۔۔۔۔وہ، یہ یا وہ۔۔۔۔۔۔"

اور پھر اپنے بیٹے سے مخاطب ہوئے۔

"ہاں، بیٹا، میں تمہاری بات سمجھ رہا ہوں۔۔۔۔۔۔میں اس ملک کی بات کر رہا ہوں، جہاں ہم اپنی جڑوں کو چھوڑ آئے، شاندار مستقبل سجانے کے لئے، لیکن

شاندار مستقبل تو چھوڑو، وہاں پناہ تک دینے کو کوئی تیار نہیں ہوا کہ ہم لوگوں کی وہاں آمد سے، ان لوگوں کا روشن مستقبل، اندھیرے میں ڈوب جانے کا خدشہ تھا اور ایک بار ہم اپنی جڑوں سے جو اکھڑے، تو پھر ہمیں کہیں پناہ نہیں ملی۔۔۔۔۔۔۔دراصل ادھر کئی دنوں سے مسلسل ابّا میرے خوابوں میں آرہے ہیں، ان کا ہنستا مسکراتا چہرہ۔۔۔۔۔۔۔مجھے ماضی کے دھندلکے میں لے جاتا ہے۔۔۔۔۔۔۔۔۔۔میں ان کی گود میں طرح طرح کی شرارتیں کرتا۔۔۔۔۔۔۔کبھی وہ میرے گالوں کو چومتے، تو جواب میں، میں بھی ان کے گالوں اور پیشانی کو چومتا۔۔۔۔۔۔۔امّاں کی بھی بہت یاد آرہی ہے۔ میں اپنے ابّا کی قبر پر جاکر فاتحہ پڑھنا چاہتا ہوں اور قبر کے قریب بیٹھ کر ان سے بہت سی باتیں کرنا چاہتا ہوں۔۔۔۔۔۔میرے ابا تو مجھے دس سال کی عمر میں ہی روتا بلکتا چھوڑ کر سفر آخرت پر روانہ ہو گئے تھے اور ان کے گذر جانے کے دو سال بعد ہی اماں اور ماموں وغیرہ نے آخری بار ان کی قبر پر جاکر فاتحہ پڑھنے کی تاکید کی تھی۔ اس وقت، ان کی یہ بات میری سمجھ میں نہیں آئی تھی۔۔۔۔۔۔۔اور میں جس دن فاتحہ پڑھ کر گھر آیا تھا، اس کے دوسرے ہی دن تو وہاں سے ہم لوگ ایک نئے اور اندھے سفر پر اپنا سب کچھ چھوڑ کر نئی اور شاندار دنیا بسانے کے لئے اس ٹرین سے روانہ ہوئے تھے، جس ٹرین میں لوگ بھیڑ بکریوں کی طرح سوار تھے۔ ہر کے چہرے سے پریشانیاں جھلک رہی تھیں، لیکن آنکھوں میں سنہری خواب بسے تھے۔۔۔۔۔۔۔لگاتار کئی دنوں تک رُک رُک کر مسافت طئے کرنے کے بعد جب ہم بظاہر منزل پر پہنچے۔۔۔۔۔۔۔تو منزل کا کہیں پتہ نہیں تھا۔۔۔۔۔۔۔۔آس پاس ہر چہار جانب اداسیاں اور مایوسیاں چھائی ہوئی تھیں۔ سارے سنہری خواب کو بے درد وقت اور حالات اور ایک غلط فیصلے نے چکنا چور کر دئے تھے۔ بے پناہی جیسے ہمارا مقدر بن

گیا تھا۔۔۔۔۔۔ برسہابرس تک ہم منزل کے متلاشی رہے۔۔۔۔۔ میں نے بچپن سے جوانی کی دہلیز پر قدم رکھ دیا تھا، اور اس وقت تک ہماری اپنی کوئی پہچان نہیں تھی۔۔۔۔۔۔۔ اجنبیوں کی طرح ادھر سے ادھر بھٹکتے رہے، منزل کی تلاش میں۔۔۔۔۔۔۔ بالکل بنجارہ بن گئے تھے ہم لوگ، کبھی یہاں خیمہ، کبھی وہاں خیمہ۔۔۔۔۔۔ جسم زخموں سے چور اور روح لہولہان۔۔۔۔۔۔ ایسے میں اپنی جڑیں بہت یاد آتی تھیں۔۔۔۔۔۔۔ وہ کشادہ سا گھر۔۔۔۔۔۔ گھر کے اند بڑا سا آنگن۔۔۔۔۔۔ گھر کے باہر وسیع و عریض دالان۔۔۔۔۔۔ اور اس دالان کے آگے دانہ چگتی ہوئی مرغیاں، چن َچن َ، چن َچن َکرتی ہوئی چینا مرغیاں۔۔۔۔۔۔ گھر کے سامنے کا تالاب، تالاب میں طرح طرح کی اچھلتی تیرتی مچھلیاں، اٹھکھیلیاں کرتے ہنس بطخ اور چھوٹی بطخیں۔۔۔۔۔۔ مچھلی کے شکار کے لئے تالاب کے کنارے اترتے ہوئے بگلوں کے غول، تالاب کے ارد گرد جھومتے گاتے طرح طرح کے پرندے۔۔۔۔ اور تالاب کے ارد گرد لہلہاتے کھیت۔۔۔۔۔ کھیتوں سے باسمتی چاول کی پھوٹتی بالیوں سے معطر کرنے والی خوشبو۔۔۔۔۔۔ اور پھر چند قدم کے فاصلے پر میرا مکتب۔۔۔۔۔۔ جہاں مولوی خیر الدین صاحب کے ہاتھ سے کھجور کی چھڑی شائد ہی الگ ہوتی اور ہر ایک غلطی پر ایک چھڑی، سڑاپ سے پیٹھ پر لگتی۔ اس وقت کی، اس چھڑی کی وہ مار اور بعد میں ماسٹر بدری نرائن جی کے خلوص و محبت کے ساتھ دی گئی تعلیم نے زندگی کے بوجھ کو ڈھونے میں بہت مدد کی۔۔۔۔ ان دونوں کی بھی بہت یاد آتی ہے۔۔۔۔۔۔۔ ماسٹر بدری نرائن جی کا بیٹا کشور میرا بہت اچھا دوست تھا۔۔۔۔۔۔۔ جب کبھی میں اس کے گھر جاتا تو اس کی ماں بڑے پیار سے مجھے کبھی ٹھیکوا، کبھی بتاشہ اور کبھی اصل گھی کا میٹھی کا لڈو کھانے کو دیتی تھیں۔ دیوالی کے روزان کے گھر پر جس طرح روایتی انداز میں چراغاں کیا جاتا تھا، اس

سے نہ صرف ان کا گھر بلکہ آس پاس کے گھر بھی روشن ہو جاتے، جس کی خوبصورتی دیکھنے لائق ہوتی اور ہم سبھی مل کر پھُل جھڑیاں، گھرنی، انار وغیرہ کی روشنی سے لطف اٹھاتے۔ کھانے کو دیوالی کی مٹھائیاں بھی ملتیں، خاص طور پر جھروا کا لڈو اور لکھ ٹھو کی لذت کو میں آج بھی نہیں بھولا ہوں۔۔۔۔۔۔۔۔۔۔۔۔، عید بقر عید، شب برات جیسے تہوار پر کشور، اس کی سب بہنیں صبح سویر سے ہی میرے گھر آ جاتیں اور پورا گھر اس دن ایک الگ نظارہ پیش کرتا، وہ سب جب گھر جانے لگتے تو انھیں پر بیاں بھی اماں دیتیں، اور وہ سب خوش خوش سبھوں کو سلام کرتے، ان کے پاؤں چھوتے واپس جاتے۔۔۔۔۔۔ لیکن سب کچھ ختم ہو گیا، سب بچھڑ گئے، سب کچھ اجڑ گیا۔۔۔۔ ایک بار جو ہم اپنی جڑوں سے اکھڑے تو کہیں امان نصیب نہیں ہوئی مسلسل سفر۔۔۔۔۔۔ لمبا سفر۔۔۔۔ ہجرت۔۔۔۔۔۔ در ہجرت۔۔۔۔۔۔ ابا کی قبر ہندوستان میں تو اماں بنگلہ دیش میں آرام فرماہیں، باجی، پاکستان میں اور بھائی جان جرمنی میں ۔۔۔۔۔۔۔۔۔۔۔۔ اور۔۔۔۔۔۔۔۔۔۔۔۔ اور۔۔۔۔۔۔۔۔۔۔۔"

یہ کہتے کہتے مرزا صفیر الدین سسکنے لگے، ان کی آنکھوں سے یادیں آنسو بن کر نکلنے لگے۔۔۔۔۔۔۔

اس طرح انھیں روتے ہوئے دیکھ کر ان کے بیٹا، بہو اور دونوں بچے سب حیران و پریشان ہو گئے تھے۔۔۔۔ ان کی رقت آمیز باتیں سنتے ہوئے، ان کے بیٹا اور بہو کی آنکھوں میں بھی آنسو تیرنے لگے تھے۔ ان کا بڑا پوتا امجد بھی بہت تعجب سے اپنے دادا کو روتے ہوئے دیکھ رہا تھا اور سوچ رہا تھا کہ آج دڈّو اس طرح بچوں کی طرح رو کیوں رہے ہیں؟ وہ صوفہ سے اٹھا اور اپنے دڈّو کے قریب آکر اپنی چھوٹی چھوٹی انگلیوں سے ان کی آنکھوں سے بہتے ہوئے آنسوؤں کو خاموشی سے پوچھنے لگا اور فرط جذبات سے مغلوب

ہوتے ہوئے دڈّو نے اپنے پوتا کو اپنے سینے سے لگالیا اور سسکیاں بھرتے ہوئے بولے۔۔۔۔۔۔۔

"بیٹا تم اپنی جڑوں کو کبھی مت چھوڑنا، خواہ کیسا ہی طوفان آئے، آندھی آئے، اپنی جڑوں پر ہمیشہ قائم رہنا۔

Ref.: jahan-e-urdu.com

***

# روایت

## وسیم عقیل شاہ

"رحمت ہو تجھ پر اے اللہ کی بندی، تیرا در سخی کا در اس سوالی کا سوال پورا کر۔"
اس گونج دار فریاد کے ساتھ ہی آمین آمین کی مترنم تکرار سے سناٹے میں ڈوبا پورا کاریڈور دھمک اٹھا چند ہی ساعتوں میں یوں لگا جیسے کسی نے 'سن رائز اپارٹمنٹ' کی مردنی چھائی اس سات منزلہ عمارت میں نئی جان پھونک دی ہو دروازے دھڑا دھڑ کھلنے اور بند ہونے لگے اپارٹمنٹ کے دیگر مکینوں کی طرح میں بھی چونک پڑا مگر اگلے ہی پل میرے ذہن کے پردے پر بابا پیر شُکر اللہ کے آستانے کی متبرک تصویر اپنی تمام تر جزیات کے ساتھ متحرک ہو اٹھی تصویر کا نقش اتنا گہرا تھا کہ میں لوبان کی خوشبو تک محسوس کرنے لگا
۔
مجھے یقین ہو گیا کہ یہ وہی مست فقیر بابا سلیم ہیں، جو سات آٹھ فقیروں کو ساتھ لیے دو برس پہلے تک ہر سال ہمارے گھر آتے رہے تھے لہذا میں نے دروازہ کھولنے سے پہلے بہو کو آواز دی کہ وہ ڈرائنگ روم کو ذرا دیکھ لے پھر کچھ توقف سے دروازے کی طرف بڑھا بہو فوزیہ نے بڑی سرعت سے ٹی پائی پر رکھے برتن اٹھائے، سوفے وغیرہ کی شیٹس اور کھڑکیوں کے پردے درست کیے۔
میں نے دروازہ کھول کر ان کا استقبال کیا اور پورے احترام کے ساتھ انھیں اندر

لے آیا جیسے ہی فقیروں کی یہ ٹولی اندر داخل ہوئی پورا گھر خس کی روح پرور خوشبو سے معطر ہو گیا ان کے سروں پر بندھے سبز رنگ عمامے اور ٹخنوں تک جُھل رہے ہرے ہرے جبوں کو دیکھ کر محسوس ہو رہا تھا جیسے عطرِ خس اپنا رنگ بھی ساتھ لایا ہے بھونے پردے کی آڑ سے ٹھنڈے پانی کی بوتلیں اور کانچ کے خالی گلاس ایک خوبصورت سِرامک ٹرے میں رکھ کر مجھے سونپے۔

مجھے بابا سلیم کے علاوہ ان میں سے کسی کی بھی صورت یاد نہیں تھی مگر یہ یقین تھا کہ یہی سات آٹھ فقیر بابا سلیم کے ساتھ ہمارے یہاں دعوت پر آتے رہے تھے ان کے جُبّے اجلے اور جھولیاں دھلی ہوئی تھیں، مگر چہرے دھوپ کی تمازت سے جھلسے ہوئے نظر آ رہے تھے بھوک ان کی الجھی ہوئی داڑھیوں میں اٹکی پڑی صاف دکھائی دیتی تھی بابا سلیم کا حال بھی تقریباً ایسا ہی تھا پہلے تو انھوں نے بہ نظر غائر ڈرائنگ روم کا جائزہ لیا، پھر کچھ کہنا چاہا، لیکن لفظ ان کے کپکپاتے ہونٹوں کو چھو کر لوٹ گئے بعد ازاں عصا اور کاسے کو ایک طرف رکھا اور درمیان میں رکھے سنگل صوفے پر اس انداز بیٹھ گئے جیسے مراقبے میں بیٹھے ہوں پانی پیش کر دینے کے بعد میں نے دیکھا فقیروں کے چہروں پر بھی مغائرت تھی اور اسی اجنبیت سے وہ نظر گھما گھما کر دیوار کے ٹیکسچر کلر کو تو کبھی چھت کے پی او پی اور اس میں لگی ایل ای ڈی لائٹس کی کاریگری کو دیکھ رہے تھے۔

بابا سلیم یوں تو گویا دھیان لگائے بیٹھے تھے لیکن بار بار ان کی نظر کچن کے دروازے پر دستک دے رہی تھی مجھے یہ سمجھنے میں زیادہ دیر نہیں لگی کہ وہ ریحانہ کی عدم موجودگی کو محسوس کر رہے ہیں ہمارے خانوادے سے ان کے تعلق کی واحد کڑی میری بیوی ریحانہ تھی گھر میں ریحانہ کے علاوہ انھیں کوئی سمجھ نہیں پاتا تھا اور وہ بھی گویا ہم میں سے صرف ریحانہ ہی کو جانتے تھے ان کا ویسا سروکار گھر کے دوسرے کسی فرد سے رہا بھی نہ تھا

آج بھی ان کی صدا کاراست تخاطب اللہ کی سخی بندی یعنی ریحانہ ہی سے تھا۔

ریحانہ کو اولیائے کرام پر حد درجہ اعتقاد تھا پیر باباؤں کے آستانوں پر جانا، منتیں ماننا، نذر و نیاز کرنا اور درگاہ کے فقیروں کی غم گساری کرنا اس کا دینی فریضہ تھا پیر بابا شکر اللہ سے اسے خاص عقیدت تھی ہر تین چار مہینوں کے درمیان چالیس کلو میٹر کا سفر طے کر کے ان کی مزار پر حاضری دینے جایا کرتی تھی قلندرانہ صفت رکھنے والے مست فقیر بابا سلیم انھی پیر بابا شکر اللہ کے در کے سائل تھے یہیں ریحانہ ان سے پہلی بار ملی اور ان کے زہد و تقوے سے متاثر ہوئے بغیر نہ رہ سکی تبھی سے بابا سلیم، ولی اللہ پیر بابا شکر اللہ کے صندل پر ہر سال ہمارے گھر دعوت کھانے آنے لگے تھے میں برسوں سے اس پر تکلف دعوت کا شاہد رہا ہوں، اور 'بے اختیار' میزبان بھی۔

میں نے دیکھا بابا سلیم کی بے چینی بڑھتی جا رہی ہے ریحانہ کی غیر حاضری اب انھیں کھلنے لگی تھی میرے لیے یہ حیرت اب تک بنی ہوئی تھی کہ جس کسی نے انھیں اس فلیٹ کا پتا دیا اس نے انھیں مزید کچھ کیوں نہیں بتایا!! سر دست میں بھی انھیں اس وقت تک کچھ بھی بتانا نہیں چاہتا تھا جب تک میں انھیں پیٹ بھر کھانا کھلا کر اپنی نیک بیوی کی روایت کو قائم نہ کرلوں اسی بیچ دل کے کسی گوشے میں انچاہی مسرت کا ایک دیپ بھی جل اٹھا تھا، کہ آج میں ان فقیروں کا 'با اختیار' میزبان ہوں لیکن مجھے تھیلیاں لٹکائے بازار جانے کی ضرورت نہیں تھی گھر میں سب کچھ موجود تھا اناج، تیل اور مسالوں کے علاوہ فریج میں ہفتے بھر کا مٹن، چکن اور سبزی؛ غرض کہ میرا بیٹا ارشد ہرا دھنیا، کڑی پتہ اور پودینہ ہرا تک ایک ہفتے کا اسٹاک کر کے رکھ لیتا ہے۔

میرے کچن میں جا کر آنے کے کچھ دیر بعد ہی مکسر گرائنڈر کی گھُر گھُر اور پھر مزید کچھ دیر بعد کوکر کی سیٹی کی آواز سے ڈرائنگ روم میں بیٹھے فقیروں کی ریاضت میں جیسے

خلل پڑ گیا ہو ابھی اس کیفیت سے محظوظ ہوئے بیس منٹ ہی گزرے ہوں گے کہ مسالوں کی اشتہا انگیز مہک اڑنے لگی اور اب میری بھی بھوک مچل کر شدید ہو گئی۔

مہک جب بگھونے میں کھل کھل کرتے دلیم کی اٹھتی تو مومن باڑے کی پوری رمضانی گلی کو مہکا دیتی تھی اس دن لنگر کا سا سماں ہوتا ریحانہ بڑے خلوص سے ان فقیروں کی دعوت کیا کرتی تھی دن کے شروع ہوتے ہی مسالے بات کر بِگُل بجا دیتی تو میرے بھی کان پھڑ پھڑا جاتے میں سرکاری ملازم کی طرح بے دلی سے تھیلیاں لٹکائے بازار کو روانہ ہو جاتا اس دن مزید دو سیگڑیوں کا انتظام کیا جاتا کسی پر دلیم تو کسی پر پلاؤ زردہ اکثر چھوٹی سیگڑی پر اور چھوٹی پتیلی میں پکتا اور گوشت کا سالن ہر دعوت کی مین ڈش ہوتا تھا دیر تک گفگیر ہلتی، کوچے چلتے، ڈھکنے ہٹائے اور ڈھانکے جاتے اور اخیر کار اگلے کمرے میں سبز قالین پر سرخ دستر خوان بچھ جاتے میری ذمہ داری آفتابہ لیے سلفچی میں مہمانوں کے ہاتھ دھلوانے سے لے کر اختتام پر دوبارہ ہاتھ دھلوانے تک محدود تھی اس مختصر دورانیے میں مجھے طباق اور رکابیوں کو بھرا ہوا رکھنا ہوتا تھا بعد از طعام سینی میں سجے لسی سے لبالب آب خوروں کو پیش کرنا یا پرچ میں کھیر اتار اتار کر پلانا بھی میرے ذمے کا اہم کام تھا پھر کھانے سے فراغت کے بعد جب ریحانہ ان کا عشائیہ کمنڈلوں میں بھر دیتی تو کمنڈلوں کو پورے احترام کے ساتھ مہمانوں کے سپرد کرنا بھی میرے فرائض میں شامل تھا۔

کچن سے آتی کانچ کے برتنوں کی جل ترنگ کی سی آواز سے میں اپنے فلیٹ میں واپس لوٹا یقیناً کھانا پک کر تیار چکا ہو گا اس قیاس کے ساتھ ہی میں نے نظر اٹھائی اور دیکھا کہ اب سچ مچ سبھی فقیر مراقبے کی سی کیفیت میں لگ رہے تھے ان کے چہروں پر اے سی کی ٹھنڈک کا سکون تھا، وگرنہ اپریل کی دھوپ تو ان کی صورتوں کو کباب بنائے ہوئے

تھی اتنا وقت بیت جانے کے بعد بھی سب پر خاموشی چھائی ہوئی تھی، گویا سکینہ نازل ہو رہی ہو البتہ درمیان میں دو باتیں ضرور ہوئیں، لیکن ان دو باتوں میں ریحانہ کا ذکر کسی نے نہیں کیا، میں نے، نہ ان میں سے کسی نے بابا سلیم نے میری اس دریافت پر کہ آپ لوگ پچھلے دو برس سے کیوں تشریف نہیں لائے، بتایا کہ دو سال سے وہ آٹھ سو کلومیٹر دور آستانۂ یاوری سے کسب فیض کر رہے تھے ان کے اس جواب پر میرے ذہن میں ارشد کے الفاظ گونجے:

"چھوڑیے ابو، شاید انھیں امی کی خبر مل گئی ہو گی"

یہ الفاظ ارشد نے مجھ سے پچھلے برس اس وقت کہے تھے جب میں ان فقیروں کی مسلسل دوسری بار غیر حاضری پر کچھ فکر مند سا ہو گیا تھا ارشد کے یہ الفاظ اس مزاج کے غماز تھے اسے ریحانہ کا مزاروں پر جانا، یوں فقیروں کو مہمان بنا کر گھر میں لانا بالکل پسند نہ تھا لیکن ریحانہ کی کھینچی ہوئی لکیر وہ کیسے پار کرتا-

اسی اثنا بابا سلیم نے فلیٹ کی تعریف کرتے ہوئے کہا: " مکان اچھا بنایا ہے-" بابا کے یہ جملے میرے لیے غیر متوقع تھے ایک کاغذی مسکراہٹ میرے چہرے پر ابھری اسی اثنا مجھے بہو فوزیہ کا خیال گزرا جو اس وقت کچن میں اپنی تمام صلاحیتیں جھونک رہی تھی ابھی دو ڈھائی برس پہلے ہی وہ بہو بن کر اس گھر میں آئی اور بہت جلد دلوں میں گھر کر گئی اس نے اپنی خوش مزاجی اور سگھڑپن سے گھر کو جنت بنائے رکھنے میں کوئی کسر رکھ نہیں چھوڑی ہے فوزیہ کی انھی خوبیوں کو دیکھ کر میں ارشد کے مستقبل سے مطمئن ہو جاتا ہوں میں فوزیہ کو اپنی ہی طرح معصوم اور فرمابردار بھی سمجھتا ہوں جس طرح مجھے گھر کے متعلق ریحانہ کے کسی فیصلے پر کبھی کوئی اعتراض نہیں رہا ویسے ہی اس نے بھی کبھی ارشد کے فیصلوں پر اعتراض نہیں کیا، نہ اس کے آگے سوچنے کی سعی کی

ارشد کی ہر بات، ہر حکم کو وہ حرف آخر سمجھ کر تسلیم کرتی ہے ارشد نے مومن باڑے کا گھر بیچ کر راتوں رات ہمیں 'سن رائز' اپارٹمنٹ میں شفٹ کروادیا اس نے کچھ نہ کہا، اور نہ میں نے اور میں بھلا کہتا بھی کیا! میں تو شروع ہی سے امور خانہ داری سے دور رہا ہوں، اور گھر کے ہر فیصلے پر چاہے ریحانہ کا فیصلہ ہو کہ ارشد کا، بس اللھم خیر کہتا رہا اور حقیقت تو یہ بھی ہے کہ ریحانہ کسی طور اپنا گھر، اپنا محلہ چھوڑ کر کہیں اور جا کر رہنے کے لیے راضی نہیں تھی کسی اپارٹمنٹ میں تو قطعی نہیں، اس کے نزدیک فلیٹوں کی زندگی گوشہ نشینی کی زندگی تھی ارشد لاکھ دہائی دیتا لیکن وہ سرے سے انکار کر دیتی تھی حالانکہ وہ ارشد کے سوشل اسٹیٹس کو سمجھتی تھی لیکن اس نے ارشد کے جاب، اس کے کلچر اور اس کے دوستوں کو کبھی اپنے فیصلے میں رکاوٹ بننے نہیں دیا۔

ٹھیک ایک بجے بہونے پردے کی آڑ سے کھانا لگ جانے کی اطلاع دی 'آیئے' کہتے ہوئے میں نے ہاتھ دھلوانے کے لیے سب سے واش بیسن کی طرف چلنے کی گزارش کی بابا سلیم کے نشست چھوڑتے ہی سبھی فقیر اٹھ کر ریل گاڑی کے ڈبوں کی مانند میرے پیچھے لگ گئے ہاتھ دھلوانے کے بعد میں انھیں ڈائننگ روم میں لے گیا، جہاں ڈائننگ ٹیبل پر کھانا سج چکا تھا ہر چند کہ وہ سب ایک عجب سی جھجک میں مبتلا تھے، لیکن ان کی آنکھیں بھوک کو مات دینے کے جذبے سے چمک رہی تھیں ٹیبل پر بچھے پلاسٹک کے سلور دستر خوان پر کانچ کے ایک جیسے دکھائی دینے والے تین چار بڑے پیالے ڈھکے ہوئے تھے نیز ٹیبل کے سروں تک سلیقے سے پھیلی ہوئی ایک جیسی ڈیزائن کی پلیٹیں، آنکھوں میں چبھنے کی حد تک چمچما رہی تھیں ڈھائی تین گھنٹے کی انتظار جیسی ریاضت کے بعد اگر صرف دو روٹیاں ہی میسر آجائے تو بھوکوں کے لیے کسی عرفان سے کم نہیں لیکن ٹیبل پر چکن گریوی، بھونے گوشت کا تری دار شوربہ، زیرہ رائس، گاجر کا حلوہ، سلاد کی پلیٹوں کی لمبی

قطار، بٹر نان کے ڈھیر اور ڈھنگ سے سینکی گئی روٹیاں بھاپ اڑا اڑا کر استقبال کر رہی تھیں۔

اپنی اپنی نشست سنبھالنے کے بعد اب سب لوگ بابا سلیم کی بسمہ اللہ کا انتظار کرنے لگے، مگر بابا میرا دل ایک دم سے دھڑکا مجھے خدشہ ہوا کہ مبادا ریحانہ سے متعلق اس وقت نہ پوچھ بیٹھے دراصل میرے لیے ان لوگوں کی وقعت چند معمولی فقیروں سے زیادہ کچھ بھی نہیں تھی، لیکن ان کی نسبت ریحانہ سے تھی بابا سلیم ریحانہ کے لیے پیر و مرشد کا درجہ رکھتے ہیں اسی لیے سر دست ان کی قدر میرے لیے مقدم اور اولین ترجیح تھی۔

بابا سلیم ریحانہ ہی کے منتظر تھے یقیناً وہ ہوتی تو ضرور دروازے پر کھڑی نگرانی کر رہی ہوتی اور مجھے یہاں سے وہاں دوڑاتی رہتی اس دوران مجھ سے زیادہ اس کی مصروفیت دیکھنے کے قابل ہوتی تھی اور اب بابا سلیم کی پیشانی پر ابھری سلوٹوں کو دیکھ کر میری حالت دیکھنے کے قابل تھی بابا سلیم کے یوں دیر تک کھانا شروع نہ کرنے کی اس کشمکش کے بیچ میں نے سوچا کہ اگر ابھی نہیں تو کھانے کے بعد ضرور ریحانہ کے بارے میں پوچھیں گے اس لیے بھی کہ بابا سلیم اکثر کھانے سے فارغ ہونے کے بعد ہی کلام فرماتے تھے اس وقت ریحانہ کا موجود ہونا ضروری ہوتا تھا اور ان کا یہ کلام حاضرین کے لیے مذہبی وعظ ہوا کرتا تھا بابا سلیم کا کلام یا وعظ جو بھی ہو، بڑا فلسفیانہ طرز کا ہوتا تھا سننے والے یقیناً آسانی سے سمجھ نہیں پاتے ہوں گے، لیکن سنتے پوری دلجمعی کے ساتھ تھے ریحانہ ویسے تو کچھ پڑھی لکھی نہ تھی کہ اس قدر ادق اور ثقیل زبان میں بابا کی رشد وہدایت کو سمجھ سکے گی، لیکن اس سنجیدگی سے سنتی تھی جیسے ایک ایک لفظ کو گرہ میں باندھ رہی ہو میں نے اپنی پوری زندگی زبان کی تدریس کی لیکن میں خود بھی ان فلسفیانہ لفظیات اور تراکیب کو سمجھنے سے قاصر رہتا تھا۔

سر دست میری پریشانی کا سبب یہ تھا کہ اس وقت یا جب کھانا ختم ہو گا تب، بابا سلیم ریحانہ کی غیر موجودگی پر استفسار کریں گے تو میں انھیں کس طرح بتاؤں گا کہ ریحانہ آپ کی میزبانی کرنے یا آپ کو سننے کے لیے اب اس دنیا میں زندہ نہیں ہے دو سال پہلے جب بابا سلیم اپنے ساتھیوں کے ساتھ آکر چلے گئے تھے، اس کے کچھ دو مہینے بعد ریحانہ مختصر علالت کی تاب نہ لا کر اچانک اللہ کو پیاری ہو گئی تھی۔

آخر کار بابا سلیم نے بسمہ اللہ پڑھ لی سب نے گویا راحت کا سانس لیا مجھے بھی تناؤ سے راحت ملی تمام لوگ اطمینان کے ساتھ کھانا کھانے میں منہمک ہو گئے سبھی نے سیر ہو کر کھانا کھایا، کولڈرنکس پی اور واپس ڈرائنگ روم میں آکر صوفوں پر دھنس گئے کچھ دیر بعد فوزیہ نے پارسل کنٹینر میرے حوالے کیے اور میں نے ان کے میں آخری کنٹینر ان کے حوالے کر کے اپنی نشست پر بیٹھا ہی تھا کہ بابا سلیم نے آخر کار ریحانہ کا ذکر چھیڑ ہی دیا اب میں اس صورت حال کے لیے تیار تھا، لیکن تب بھی ویسی ہمت جٹانے میں ناکام ثابت ہو رہا تھا جیسا بھی ہو مجھے اب انھیں ریحانہ کے انتقال کی خبر سنانی تھی، سو سنا دی۔

میرا آخری جملہ ابھی پورا بھی نہ ہوا تھا کہ وہ ایک دم سے سیدھے ہو گئے، جیسے صوفے کی پشت پر کانٹے اگ آئے ہوں ان کے باقی ساتھیوں کو بھی مانو سانپ سونگھ گیا! بابا سلیم مجھے اس طرح دیکھنے لگے گویا مجھ سے کوئی ناقابل معافی گناہ سرزد ہو گیا ہو پھر آہستہ آہستہ وہ یکسر گہرے رنج میں ڈوبتے چلے گئے آن کی آن میں پورے کمرے پر غم و اندوہ کی لہر دوڑ گئی وفور جذبات سے میرا دل بھی بیٹھ گیا کچھ دیر اسی کیفیت میں غرق رہنے کے بعد انھوں نے آنکھیں بند کر لیں پھر چند منٹوں بعد جب ان کی آنکھیں کھلیں تو ان کے ساتھی سعادت مند شاگردوں کی طرح بڑے ادب سے سبق سننے کے انداز میں ان کی طرف متوجہ ہو گئے فوزیہ بھی پردے کی آڑ لیے کھڑی ادھر کی کیفیات کا اندازہ لگا رہی

تھی بابا سلیم نے ریحانہ کی مغفرت کے لیے خوب دل سے دعائیں کیں، جن پر ایک بار پھر آمین آمین کی مترنم صدائیں گونج اٹھیں بعد ازاں کچھ توقف فرمایا اپنا وعظ شروع کیا۔

اب کی دفعہ بابا سلیم کا خطاب پہلے کی طرح مختصر نہیں تھا انھوں نے بہت دیر تک اپنی رشد ہدایات میں دین و دنیا اور اس کی جزیات کو سموئے رکھا، اس وعظ میں تہذیبوں کے بکھرنے کا نوحہ اور روایت کے قائم رکھنے کا عزم اور ہدایت صاف تھی حیرت کی بات یہ تھی کہ مجھے ان کی باتیں سمجھ میں آرہی تھیں اور جو کچھ وہ نہیں کہہ رہے تھے اس کے مفاہیم بھی مجھ پر منکشف ہو رہے تھے کیا صرف چند گھنٹوں ہی میں میرا عقیدہ اتنا پختہ ہو گیا تھا! ریحانہ کہا کرتی تھی، عقیدہ مضبوط ہو تو جو کہا نہیں گیا وہ بھی سمجھ میں آجاتا ہے۔

دوران خطاب بابا سلیم نے پردے کے پیچھے کھڑی میری بہو فوزیہ سے بھی تخاطب کیا، اسے ڈھیروں دعائیں دیں اور دیر تک اس کے ہاتھوں کے بنے کھانے کی تعریف کرتے رہے اسی درمیان مجھے یہ خوشگوار احساس ہوا کہ پردے کے پیچھے فوزیہ نظر جھکائے دیوار سے ٹیک لگا کر کھڑی ہو گی اور ہلکی سی مسکان کے ساتھ اپنے ڈوپٹے کے کنارے کو شہادت کی انگلی پر لپیٹ رہی ہو گی اور ایسا کرتے ہوئے وہ بالکل۔۔۔ بالکل ریحانہ کی طرح لگ رہی ہو گی۔

Ref.: jahan-e-urdu.com

***

## بوجھ

### جنید جاذب

کام کا بوجھ کچھ ہلکا کرنے کے لئے اس نے ایک مشین خرید لی تھی۔ اور یہ فیصلہ اس کے لئے بہت فائدہ مند ثابت ہوا۔ اب نہ صرف اس کا وقت بچ رہا تھا اور مشقت کم ہو گئی تھی بلکہ فصل کی پیداوار میں بھی خاطر خواہ اضافہ دیکھنے کو ملا تھا۔

اپنی سال بھر کی ضرورتوں کا حساب لگانے کے بعد اُس سال کچھ اناج اس نے مارکیٹ میں فروخت بھی کر دیا تھا۔ پھر بھی نئی فصل کے تیار ہو جانے تک اس کے پاس پرانا غلہ پڑا تھا جو خراب ہونے لگا تو اس نے کچھ ناداروں کو بلا کر دان کر دیا۔ اگلے سال انہی لوگوں کو لگا کر اس نے کھیت سے متصل بے کار پڑی زمین سے خود رو پیڑ پودے کٹوائے اور اس میں بوائی کر دی۔

اپنے خالی وقت کو اس نے دوسری مشغولیات میں بانٹ لیا۔ سماجی اور ثقافتی سرگرمیوں میں حصہ لینا اب اس کے لئے آسان تھا۔ جلد ہی اس کا شمار معاشرے کے سر کردہ لوگوں میں ہونے لگا۔ گھر، کھیت، کیچڑ، جنگل، تالاب کے گرد گھومنے والی زندگی میں اب گویا نئی ترجیحات نے جگہ بنا لی تھی۔ صحت تو خیر اس کی پہلے بھی بہت اچھی تھی اب چونکہ جسمانی محنت نہ کے برابر تھی اس کا ڈیل ڈول مزید نکھر گیا۔ یہ سب مشین کی

بدولت ممکن ہو پا رہا تھا جو کسی نعمتِ غیر مترقبہ کی طرح آ کر اس کی کایا پلٹ رہی تھی۔ خون پسینے سے سینچے ہوئے ان تین دیو قامت پیڑوں کو کاٹ بیچنے کا دکھ اسے ضرور ہوا تھا جن سے مشین کی قیمت ادا کی گئی تھی لیکن اب وہ پوری طرح مطمئن تھا۔ مشین اپنی قیمت سے زیادہ قیمتی تھی۔

سب کچھ ٹھیک ٹھاک چل رہا تھا کہ ایک دن اچانک مشین چلتے چلتے رک گئی۔ پچھلے سالوں کا تجربہ استعمال میں لاتے ہوئے اس نے بہتیرا کوشش کی کہ کیل پُرزے کس کر اسے ٹھیک کر لے لیکن ناکام رہا۔ اس سے پہلے جب بھی کبھی اس میں مرمت کی ضرورت پیش آئی تھی آسانی سے ہو گئی۔ لیکن اس بار وہ سارے حربے اور ارد گرد کے سبھی مستری آزما چکا تھا۔ دس دنوں کے انتظار کے بعد شہر سے پہنچنے والا انجینئر بھی ہار مان کر جا چکا تھا۔

کھیتی کا موسم جا رہا تھا اس لئے فی الحال اسے اپنے آپ پر ہی تکیہ کرنا تھا۔ سٹور سے پرانے اوزار نکال کر وہ کھیت کی طرف چل پڑا۔ اس روز اسے احساس ہوا کہ بڑھاپے نے اس کے جسم پر حق جمانا شروع کر دیا تھا۔

کام شروع کرنے سے پہلے اس نے سوچا کہ پہلے مشین کو کھیت سے باہر ہٹا دے۔ اس نے مشین بمشکل کاندھے پر اٹھائی اور کھیت کے اس حصے کی جانب چل دیا جہاں کچھ کباڑ رکھا تھا۔

"کہاں جا رہے ہو؟" یہ آواز مشین کی تھی۔ لیکن وہ اسے اپنا وہم سمجھ کر نظر انداز کر گیا۔

"میں نے پوچھا کہاں جا رہے ہو" اب کی بار مشین کا ایک بڑا سا پرزہ زور سے اس کی کمر پر آ کر بجا۔ وہ حیرت زدہ رہ گیا۔

"تمھیں کھیت سے باہر رکھنے جا رہا ہوں"

"اچھا تو جب تک میں کام کی تھی ساتھ چمٹائے رکھا۔ اور اب کام کی نہیں رہی تو مجھ سے چھٹکارا چاہتے ہو"

"ہاں ایسا ہی سمجھو"۔

"لیکن میں تمھیں چھٹکارا دوں تب نا!" مشین کے دو پُرزے لڑھکتے ہوئے اس کی گردن کے گرد حمائل ہو گئے۔

"کیا مطلب" وہ کچھ سہما لیکن آگے بڑھتا گیا

"مطلب یہ کہ اب تم مجھے اپنے کاندھے سے اتار نہیں سکتے"

"اوہم م م۔۔۔ دیکھتے ہیں" اس نے پورا زور لگا کر اس بوجھ کو پھینکنے کی کوشش کی۔ لیکن مشین نے اس کا اوپری دھڑ جکڑ لیا۔ اس نے اپنے بازوؤں میں پوری ہمت جٹا کر پھر کوشش کی کہ اس آفت کو اپنے جسم سے الگ کر سکے لیکن اس بار مشین کی پکڑ اور زیادہ مضبوط بلکہ دردناک تھی۔

ایک درخت کے منڈ کا سہارا لینا چاہا لیکن سوکھا ہوا پیڑ اندر سے سڑ بھی چکا تھا۔ اچھا یہ ہوا کہ وہ اس کے اوپر آ گرنے کی بجائے اس کے چھوتے ہی دھڑام سے دوسری طرف جا گرا۔

"چلتے جاؤ" مشین نے گرفت کچھ ڈھیلی کرتے ہوئے حکم صادر کیا۔

مشین کا وزن ہر لمحے بڑھ رہا تھا اور وہ مسلسل چلتا جا رہا تھا۔ کھیت کھلیان، گاؤں، چراہ گاہ، تالاب، جنگل، پہاڑ، دریا، نالے سب پیچھے چھوٹ گئے لیکن وہ چلتا جا رہا تھا۔

Ref.: jahan-e-urdu.com

✳ ✳ ✳